Tad Williams, 1957 in San Jose in Kalifornien geboren, studierte in Berkeley, arbeitete als Journalist, Musiker, Illustrator und Schriftsteller. Er lebt mit seiner Familie in der Nähe von San Francisco. Der Krüger Verlag bringt im Augenblick eine Romantrilogie von Tad Williams heraus, deren ersten beiden Bände mit den Titeln »Der Drachenbeinthron« und »Der Abschiedsstein« bereits erschienen sind. Der erfolgreiche Katzenroman »Traumjäger und Goldpfote« des Autors liegt im Fischer Taschenbuch Verlag vor (Bd. 8349).

Nini Kiriki Hoffman wuchs als sechstes von sieben Kindern im südlichen Kalifornien auf und lebt heute in Eugene im Bundesstaat Oregon.

Die Stimme der Finsternis. Ein Roman wie ein Märchen aus Tausendundeiner Nacht: Nachdem eine armenische Gesandtschaft mit kostbaren Geschenken am Hof des Kalifen Harun al-Raschid in Bagdad erschienen war, schickt der Kalif seinerseits eine mit Schätzen beladene Karawane in das nördliche, außerordentlich gebirgige Land. In den nebelverhangenen, dicht bewaldeten Bergschluchten gerät die Karawane in einen Hinterhalt und wird mitten in der Nacht überfallen. Der größte Teil der Schätze wird geraubt. Die Überlebenden, die nicht mit leeren Händen vor den armenischen Fürsten treten wollen, beschließen, nach Bagdad zurückzukehren.

Aber auf diesem Rückzug hebt das Unheil erst richtig an. Orientierungslos und vom Pech verfolgt sterben einige Männer unterwegs, andere verschwinden nachts auf rätselhafte Weise. Die übrigen werden von einem armenischen Bauernjungen davor gewarnt, über die Berge zurückzukehren, da dort ein furchtbarer »Vampyr« hause und auf seine Opfer warte. Aber die Araber drängt es nach Hause, zurück unter die Wüstensonne. Doch der Vampyr ist erbarmungslos und holt sich immer neue Opfer. Es scheint nur ein Mittel zu geben, um ihn während der Nacht zu besänftigen: das unermüdliche Erzählen von Geschichten. Als der Vampyr eines Nachts aus dem Schatten der Bäume tritt, fordert er von den Männern eine Wette für ihren freien Abzug: die traurigste aller Geschichten.

Tad Williams
Nini Kiriki Hoffman
Die Stimme der Finsternis

Roman

Aus dem Amerikanischen
von Oliver Koch

Fischer Taschenbuch Verlag

Deutsche Erstausgabe
Veröffentlicht im Fischer Taschenbuch Verlag GmbH,
Frankfurt am Main, Dezember 1993

Die amerikanische Originalausgabe erschien unter dem Titel
»Child of an ancient city« bei Atheneum, New York.
Copyright © 1992 by Byron Preiss Visual Publ., Inc.
Text Copyright © 1992 by Tad Williams and Nana Kiriki Hoffman
Für die deutsche Ausgabe:
© Fischer Taschenbuch Verlag GmbH, Frankfurt am Main 1993
Umschlaggestaltung: Manfred Walch, Frankfurt am Main
Gesamtherstellung: Clausen & Bosse, Leck
Printed in Germany
ISBN 3-596-11937-5

Gedruckt auf chlor- und säurefreiem Papier

Für Sir Richard Burton

Prolog

»Beim allmächtigen Allah! Ich sehe aus wie ein Kalb, das zum Schlachten schön fett gemästet worden ist«, brüllte Masrur al-Adan mit lautem Gelächter und hieb mit seinem Weinbecher derartig heftig auf den polierten Holztisch, daß dadurch halbmondförmige Eindrücke in dem weichen Holz der Tischplatte entstanden.

»Ich kann mich kaum noch rühren, um weiterzufressen.«

Das Feuer im Kamin war am Erlöschen, und schwache Schatten schienen an den Wänden entlangzukriechen. Da Masrur ein großzügiger Gastgeber war, lagen überall Häufchen von Geflügelknochen auf der Tafel verstreut.

Masrur beugte sich nach vorne über den Tisch und blickte mit zusammengekniffenen Augen in die Runde seiner Gäste. »Ein Kalb«, wiederholte er mit schwerer Zunge, ». . . fett geworden.« Tief in Gedanken versunken rülpste er und wischte sich mit seinem über und über weinbefleckten Ärmel über den Mund.

Ibn Fahad, ein angesehener Pferdehändler, der seinen Freund schon oft in solch beklagenswertem Zustand erlebt hatte, erlaubte sich ein schwaches, kühles Lächeln.

»Alter Freund, heute haben wir der Gattung der Täubchen einen gewaltigen Schlag versetzt, von dem sie sich nicht so schnell erholen wird.« Mit seiner feingliedrigen Hand schob er einige halb abgenagte Brustknöchelchen zur Mitte des Tisches. »Immer wieder muß ich deinen Koch loben.«

»Mein Koch«, lallte Masrur und lächelte dabei versonnen vor sich hin, »ist ein Juwel, wie du sehr gut weißt, aber in letzter Zeit kommt er kaum noch aus seiner Küche heraus, seine alte Verletzung plagt ihn immer häufiger. Ich werde ihm morgen dein Lob persönlich übermitteln.«

Ibn Fahad fuhr fort: »Wir haben auch deinen exzellenten Kellermeister zur Verzweiflung getrieben wegen der leeren Krüge und Fässer, die noch an diesem Morgen mit Weinen der erlesensten Reben gefüllt waren. Und, wie immer nach jedem unserer festlichen Gelage, danke ich dir für deine Gastfreundschaft. Aber fragst du dich nicht von Zeit zu Zeit einmal, ob das Leben nicht mehr für dich bereithält, als im Dienste des Kalifen träge und fett zu werden?«

»Ha!« fuhr Masrur auf und rollte seine Augen mit gespielter Empörung. »Dem Gebot des Kalifen zu folgen hat mich wohlhabend gemacht. Hingegen habe ich es mir selbst zuzuschreiben, daß ich so fett geworden bin.« Er lächelte selbstzufrieden.

Abu Jamir, ein Mann, der Masrur bezüglich des Umfanges seines Leibes noch bei weitem übertraf, verschaffte sich Gehör, indem er mit einer weitausladenden Armbewegung einen kleinen aus Taubenoberschenkelknochen errichteten Turm umstieß. »Die Nacht ist noch jung, mein lieber Masrur. Schicke einen Diener nach Wein und laß uns noch Geschichten hören!«

»Baba!« brüllte Masrur in die Richtung der Küche. »Komm her, du alter Hund!«

Atemlos erschien der alte Diener an der reich mit Messing beschlagenen Tür und blickte mit abwartender Vorsicht zu seinem ausgelassenen Herrn herüber. »Bring uns den Rest des Weines, Baba, oder haben wir schon alles ausgetrunken?«

Verlegen strich sich Baba über sein Kinn. »Ach... na ja, ihr habt ihn ausgetrunken, Herr. Ihr und Euer edler Gast, der weise Ibn Fahad, nahmt die letzten vier Krüge mit Euch, als ihr zum Bogenschießen auf die Stadtmauer stiegt.«

»Gerade so, wie ich's vermutet habe«, nickte Masrur ernsthaft zu den versammelten Gästen. »Lauf zum Basar, zum Laden von Abu Jamir, wecke seinen Diener und bring uns ein paar Krüge vom Besten. Sag ihm, daß der gute Jamir wünscht, daß wir sie jetzt gleich bekommen sollen.«

Baba verschwand mit einer tiefen Verbeugung. Der verdrießliche Abu Jamir erhielt von allen Seiten aufmunternde Püffe.

»Eine Geschichte, eine Geschichte!« rief einer der Tischgenossen. »Ein Märchen!«

»O ja, erzählt von euren Reisen, ehrwürdiger Masrur!« Das war der junge Hassan, der sinnlos betrunken war, was aber niemanden störte. Seine Augen schimmerten hell und waren voller unschuldiger Torheit. »Man erzählt, Ihr hättet die grünen Wälder des Nordens bereist.«

»Der Norden...?« gedankenversunken wiederholte Masrur diese Worte und holte mit seinem Arm zu einer Geste aus, als ob er etwas fortwischen wollte. »Nein, Junge, nein,... diesen Wunsch kann ich dir nicht erfüllen.« Er zog seine Stirn kraus und ließ sich, von plötzlichem Abscheu geschüttelt, auf seine Kissen zurückfallen, wodurch sein Turban gefährlich ins Schwanken kam.

Ibn Fahad kannte seinen alten Kameraden Masrur ebensogut wie seine Pferde – der großherzige Freund war der einzige Mensch, der eine solche Aufmerksamkeit von seiten Ibn Fahads für sich beanspruchen konnte. Er vermochte sich noch an gemeinsame Jugendtage zu erinnern, an denen Masrur, wenn er doppelt soviel wie am heutigen Abend getrunken hatte, wie ein Derwisch auf den Stadtmauern von Bagdad getanzt hatte. Ibn Fahad glaubte erfühlen zu können, weshalb sein Freund Hassans Bitte so unvermittelt und barsch abgeschlagen hatte.

»Oh, Masrur, bitte!« bettelte Hassan, der beharrlich auf seinem Wunsch bestand. Er war so unbeirrbar wie ein junger Falke, der seine erste Beute in den Klauen umschlossen hält. »Erzählt uns vom Norden, von den Ungläubigen!«

»Ein guter Moslem sollte sich an den Ungläubigen nicht so interessiert zeigen.« Abu Jamir rümpfte gottesfürchtig die Nase und goß den letzten Bodensatz aus dem Weinkrug in seinen Becher. »Laß Masrur in Ruhe,... wenn er denn wirklich keine Geschichte preisgeben möchte...«

»Ha«, schnaubte Masrur, und ein wildes, jetzt nur noch selten wahrnehmbares Feuer loderte in seinen schwarzen Augen auf. »Jamir, du versuchst nur, mich zum Schweigen zu bringen, damit meine Kehle nicht so austrocknet, bis *dein* Wein gebracht wird. Nein, ich kann furchtlos über die Ungläubigen sprechen. Allah, der Allmächtige, würde ihnen keinen Platz in der Welt eingeräumt haben, wenn sie nicht für irgend etwas taugten. Es ist ziemlich... gewisse andere Umstände lassen mich zögern.« Er blickte freundlich auf den jungen Hassan, der in seiner tiefen Trunkenheit aussah, als ob er weinte. »Verzweifele nicht, Bürschchen. Vielleicht tut es mir gut, mir diese ganze Geschichte wieder ins Gedächtnis zurückzurufen. Ich habe die Einzelheiten zu lange in meinem Inneren verschlossen gehalten.«

Er leerte den Rest eines anderen Kruges in seinen Becher und beobachtete gespannt die einzelnen fallenden Tropfen. »Meine Erinnerungen sind noch so stark, so lebendig und bitter zugleich. Warum erzählst du die Geschichte nicht selbst, mein lieber Freund?« schlug er Ibn Fahad vor und wandte sich ihm zu. »Du warst ebenso daran beteiligt wie ich, erzähle du.«

»Nein«, entgegnete Ibn Fahad.

Ein erstickter Schrei der Enttäuschung entfuhr dem trunkenen Hassan.

»Aber warum nicht, alter Kamerad?« fragte Masrur, ein wenig überrascht. »Ließ dieses Abenteuer auch dein Herz erschauern?« Ibn Fahad blickte finster vor sich hin. »Weil ich schon weiß, wie das ablaufen wird. Kaum werde ich mit der Erzählung begonnen haben, wirst du mich unterbrechen, hier Einzelheiten hinzufügen, dort Übertreibungen, und dann wird es heißen: ›Nein, nein, ich kann dazu überhaupt nichts sagen! Erzähle weiter, alter Freund!‹ Und bevor ich ausreichend Atem in meinen Lungen gesammelt haben werde, wirst du mich wiederum unterbrechen. Du weißt, daß du mir den Gesprächsfaden entwinden wirst, Masrur. Warum also beginnst nicht gleich *du*, und ich spare mir meinen Atem?«

Die Tischrunde brach in heiteres Gelächter aus, Masrur hingegen nahm eine aufrechte, würdevolle Haltung ein und setzte einen Blick voller bekümmerter Verletztheit auf. »Natürlich, alter Freund«, versetzte er, »ich wußte nicht, daß du solche Verdrießlichkeiten gegen mich hegst. Natürlich werde ich die Geschichte erzählen.« Er blinzelte freundlich in die Runde. »Kein Opfer ist für eine Freundschaft wie die unsere zu groß. Baba, kümmere dich bitte um das Feuer! Ach, der ist ja wegen des Weines unterwegs. Hassan, willst du bitte so nett sein?« Hassan stand ein wenig schwankend auf, kauerte sich vor den Kamin, schürte die Glut und legte neues Holz auf, bis die Flammen hell loderten und die Schatten vertrieben.

Als sich der Junge wieder auf seinem Polster niedergelassen hatte, trank Masrur einen Schluck Wein, strich sorgfältig seinen Bart glatt und begann seine Geschichte damit, daß er ihrem ersten Abschnitt den Titel: »Die Karawane« gab.

1
Die Karawane

Meine Geschichte beginnt in jenen Tagen, als ich im Dienste Harun al-Raschids, möge Allah ihm Frieden gewähren, den Posten eines Offiziers von niederem Rang bekleidete. Ich war jung und stark, ein Mann, der den Wein mehr liebte, als gut für ihn war, aber welcher Soldat tut dies nicht. Meine Reiterschar erhielt den Befehl zum Geleit einer gen Norden, zum Land der Armenier am Fuße des Kaukasischen Gebirges, ziehenden Karawane. Ein Fürst dieses Volkes hatte dem Kalifen als Zoll seiner Hochachtung eine Fülle von erlesenen Geschenken überbringen lassen, die an Pracht wohl kaum zu überbieten gewesen waren: Kronen aus gehämmertem Gold, über und über mit Diamanten besetzt, Schwerter aus einem Metall, härter als jene in des Kalifen Waffenkammer, und riesige Knäuel schwarzer Wolle, fein gekämmt zu einer einzigartigen Weichheit und zu Fäden gesponnen, die so dünn waren wie das Haar eines jungen Mädchens. Der Fürst hatte mit diesen großartigen Gaben gegenüber dem Kalifen das Angebot verbunden, Handelsbeziehungen zwischen beiden Ländern aufzunehmen. Harun al-Raschid, der der weiseste unter den weisen Männern dieser Erde ist, ließ die Kamele nicht gerade unter der Last der Geschenke, die er dem georgischen Fürsten im Gegenzug zudachte, ächzen, aber er schickte ihm drei Sklaven, von denen einer ein Meister in der Kochkunst war; sodann mehrere Höflinge, unter denen sich auch der Wesir Walid al-Salameh befand, der die Sprache dieser Ungläubigen studiert hatte und deshalb für den Kalifen sprechen sollte. Vor allem sollte er sagen, daß dieser ersten Karawane weitere mit reichen Schätzen beladene folgen sollten, wenn die Handelsroute gen Kaukasus tatsächlich eröffnet würde.

Wir verließen Bagdad mit feierlichem Gepränge, Fahnen wehten, und die Schilde der Soldaten blitzten wie goldene Dinar-Münzen. Sklaven trugen die Sänften der Höflinge; die Geschenke des Kalifen waren auf die Rücken einer Horde widerspenstiger Esel festgebunden. So reisten wir entlang dem Ufer des Tigris, ruhten uns mehrere Tage in Mossul aus und versorgten uns dort mit Proviant. Dann führte uns unser Weg durch das östliche Anatolien. Als wir dann weiter nach Norden zogen, begann sich die Landschaft zu verändern. Statt des feinen, reinen Sandes tauchten immer häufiger felsige Hügel auf, die mit niedrigem Buschwerk bewachsen waren. Es begann kälter zu werden, und der Himmel überzog sich mit einem eintönigen Grau. Obwohl der Frühling in diese Gefilde Einzug halten sollte, erweckte das Land den Eindruck, als ob Allah sein Gesicht abgewandt hätte. Zunächst waren die Männer sehr erfreut darüber, der unbarmherzigen Wüstensonne entkommen zu sein. Zudem war unser Weg gut, es gab keine Gefahren, außer dem gelegentlichen Heulen von Wölfen im Schatten unseres nächtlichen Lagerfeuers. Vor dem Ablauf von zwei Monaten hatten wir den Kaukasus erreicht. Für diejenigen, die in ihrem ganzen Leben keine weite Reise von Bagdads Mauern fortgeführt hat, sollte ich erwähnen, daß wir uns jetzt in einem Gebiet befanden, das unseren Gegenden in nichts glich. Dort wachsen die Bäume so dicht nebeneinander, daß ein Stein nicht fünf Schritte weit fliegen kann, ohne einen Baumstamm zu streifen. Im Vorgebirge wachsen Nußbäume, deren Blätter kleiner sind als eure Hand, aber büschelweise so dicht zusammenstehen wie das Haar meines Bartes. Weiter oben im Gebirge untersuchten wir Bäume, deren Stämme und Zweige mit balsamisch duftenden Nadeln überreich besetzt waren. Die Landschaft selbst erweckt den Eindruck ewiger Finsternis. Die Bäume schatten die Sonne ab, bevor noch der Nachmittag sich dem Ende zuneigt, und der Boden ist steinig und feucht. Schluchten, die tiefer sind, als ein von Menschenhand gebautes Minarett in die Höhe ragen kann, zerklüften das Gebirge. Wie weiße Pferdeschweife stürzen Wasserläufe sprühend über Felsvorsprünge ins Tal. Auf den hohen Berggipfeln, von denen es sehr viele gibt, schmilzt der Schnee noch nicht einmal im Hochsommer. In der Nähe eines Passes gerieten wir tatsächlich einmal in ein Gebiet von mehreren Meilen Länge, das nur aus Eis bestand. Aber, um aufrichtig zu sein, das Neue verlor alsbald seinen Reiz, und bald darauf schien uns ein fauliger Geruch zu begleiten. Nach unserer achten Reisewoche begann das Heimweh an uns zu nagen, aber wir trösteten uns mit dem Gedanken an die Annehmlichkeiten, die uns wohl erwarteten, wenn wir den Palast des Fürsten erreichten. Ich persönlich war noch niemals in einem nördlichen Land gewesen, hatte bisher nur auf dem Basar Waren aus dem Norden gesehen. Trotzdem erwartete ich mit Spannung, welche fremdartigen, neuen Dinge, Menschen und Lebewesen, ich beobachten könnte. Wie ich euch bereits angedeutet habe, waren meine Neugier wie mein Appetit in jenen Tagen in jeder Hinsicht groß. Wir hatten bereits hohe Bergpässe überschritten und wieder mit dem Abstieg begonnen, als uns das Unglück traf.

Eines Nachts hatten wir unser Lager in einer Kesselschlucht aufgeschlagen. Das Feuer war schon zu schwach glühender Kohle niedergebrannt, außer zwei Wachtposten schlief beinahe das gesamte Lager. Ich lag in meine Decke gewickelt und träumte davon, was ich mit meinem Verdienst anfangen wollte – ich dachte besonders an ein Mädchen mit einem gazellengleichen Hals, nachtschwarzem, seidigem Haar und einem Blick, der mein Herz mit Begehren füllte, als ein wahrlich schrecklicher Aufschrei mich auffahren ließ. Als ich mich in meiner Benommenheit orientieren wollte, was denn geschehen sei, fiel mir plötzlich ein massiger Gegenstand auf die Brust, der mich sogleich umwarf. Mit Entsetzen stellte ich fest, daß es sich um eine der Wachen handelte, durch dessen Kehle ein Pfeil gedrungen war.

In den Augen des Mannes war noch die letzte Überraschung

seines Lebens abzulesen. Plötzlich hob ein gewaltiges Geheul auf dem über uns liegenden Berghang an. Mein Herz hämmerte in der Brust. Alles, woran ich denken konnte, waren Wölfe, daß Wölfe uns angriffen. In meiner Benommenheit konnte ich mir jedoch den Pfeil in der Kehle der Wache nicht erklären. Als die anderen um mich herum aufsprangen, war das ganze Lager im Nu mit tanzenden und schreienden Schatten erfüllt, als ob sich die Höllentore geöffnet hätten, um die Verdammten zu entlassen. Ein metallischer Geruch nach frischem Blut erfüllte die Luft. Schwertklingen blitzten im schwachen Schein der Glut auf, und weitere Pfeile zischten an meinem Gesicht vorbei in die Dunkelheit.

Das Aufstöhnen verwundeter und sterbender Männer, das Ächzen vor Anstrengung derer, die sich in das Gemetzel stürzten, und schließlich das Klirren der Schwerter erweckte – Allah sei Dank – meinen kampferprobten Geist. Es waren menschliche Wölfe, denen wir uns gegenübersahen. Ich versuchte, meinen Schwertknauf zu erreichen, aber mein Schwert und ich waren unter der toten Wache begraben. So sehr ich mich auch anstrengte, den Körper des armen Mannes von mir herunterzuwälzen – aus der Dunkelheit landete der bestiefelte Fuß eines Banditen neben meinem Kopf und focht mit einem meiner Männer. Der nach Art des Gesindels schwarz verhüllte Bandit zog ein riesiges gekrümmtes Schwert, das im ersterbenden Licht rot erglomm. Mein bewaffneter Soldat war tapfer, aber nur ein schwacher Jüngling.

So lag ich also, ohne an mein Schwert gelangen zu können, leise fluchend auf der Erde. Früh genug erhielt der junge Soldat einen Hieb in den Bauch und brach neben mir zusammen, seine halb offenen Augen blickten in die nächste Welt. Ich hatte ganz ruhig gelegen, in der Hoffnung, nicht entdeckt zu werden, da ich von der Leiche des Wachtpostens auf den Boden gedrückt wurde und ich keine Hoffnung auf Gegenwehr hatte. Meine Tarnung muß erfolgreich gewesen sein, weil sich der Bandit, nachdem er dem toten Soldaten den Geldbeutel vom Gürtel abgeschnitten und einen Blick auf den toten Wachtposten über mir geworfen hatte, umdrehte und davonstürmte.

Ach, Ibn Fahad, alter Freund, du lachst über meine ungewohnte Zurückhaltung in jenem längst vergangenen Augenblick, aber sogar ich weiß, daß eine schweigende Zunge unter Umständen Leben retten kann. Aber unter anderen Umständen kann eine gezähmte Zunge auch zu einem durchschnittenen Hals führen.

Jedenfalls hatte ich zwischen den Angriffswellen etwas Ruhe im Schatten der Nacht. Schließlich gelang es mir, den Leichnam von mir herunterzuwälzen und mein Schwert aus seiner Scheide zu befreien. Ich wollte mich gerade aufrichten und meinen Gefährten in die Schlacht folgen, als mir etwas gegen den Kopf krachte, das das Dunkel der Nacht mit einer riesigen Lichtfontäne erfüllte, die aber nichts beleuchtete. Ohne noch etwas wahrzunehmen, fiel ich wieder zurück.

2
Nachspiel

Ich kann euch nicht sagen, wie lange die Dunkelheit um mich herum andauerte. Ein Stiefeltritt gegen meine Brust ließ mich schließlich auffahren.

Vor mir stand ein großgewachsener, furchterregend aussehender Mann. In der wolkenverhangenen Morgensonne wirkte er sehr verwegen auf mich. Nachdem sich meine Augen an die Helligkeit gewöhnt hatten, konnte ich sein stark gebräuntes, markantes Gesicht und seine grimmige Miene erkennen. Der Bart, den er trug, stand an Länge dem eines tatarischen Hirten in nichts nach. Ich war ganz sicher, daß derjenige, der mich niedergeschlagen hatte, zurückgekommen war, um sein Werk zu vollenden. Angestrengt, aber letztlich vergebens, versuchte ich, mein Schwert aus der Schärpe zu ziehen. Mein furchterregender Gegner hob lediglich einen seiner spitzen Stiefel ein wenig an und stellte ihn unsanft auf meiner Brust ab. Er sprach mich in akzentfreiem Arabisch an: »Oh, Wunder des Allah, du bist der schmutzigste Kerl, den ich je gesehen habe.«

Wie ihr inzwischen sicherlich erahnt habt, war es Ibn Fahad, der mich in dieser mißlichen Lage fand. Die Karawane hatte zu Anfang eine stattliche Größe gehabt, und er war mit den Armeniern und dem Wesir zu Pferde an der Spitze geritten. Daher hatte er sich nicht mit dem gemeinen Pöbel abgegeben und auch mit mir kein Wort gewechselt.

Nun wißt ihr, unter welchen Umständen wir uns zum allerersten Mal trafen: Ich auf dem Rücken, mit Matsch, Blut und Speichel besprizt, Ibn Fahad über mir, wie ein wohlhabender Mann, der auf dem Basar afghanische Karotten begutachtet. Welche Schande! Ibn Fahad war mit etwas gesegnet, was ich später immer wieder als eine Art Schutzgeist bei ihm feststellen mußte. Als die Banditen, die uns seit einigen Tagen gefolgt sein mußten, uns in jener Nacht überraschend angegriffen hatten, hatte Ibn Fahad, wie er mir später erzählte, gerade seine Blase in einiger Entfernung vom Lager an einer Böschung entleert.

Obgleich er sofort bei den ersten Schreien zum Lager zurückgerannt war, hatte er zwar mehr als nur ein paar Bergräuber mit seinem scharfen Schwert zur Hölle geschickt, aber es waren dennoch zu viele. Er hatte eine kleine Gruppe von Überlebenden zusammengezogen und mit ihnen einen Weg bis zum Ausgang der Kesselschlucht freigekämpft. Dort zogen sie sich – entlang dem Fuß des Berges – in die Dunkelheit zurück und lauschten mit Grauen den Todesschreien ihrer Kameraden, die von den Felswänden widerhallten, und verfluchten ihre geringe Anzahl und ihre Ahnungslosigkeit bezüglich der Beschaffenheit des Geländes.

Bei Tageslicht waren sie zurückgekommen, um nach Überlebenden, Gepäck und Vorräten zu suchen und sich ein Bild über Art und Herkunft der Angreifer zu machen. So entdeckte Ibn Fahad auch mich – ein Umstand, den er mir nie zu vergessen erlaubte, ebensowenig wie ich ihm erlaubte, sich *dieser* Verantwortung zu entziehen.

Während ich verarztet wurde, stellte mich Ibn Fahad den übrigen Überlebenden unserer ehemals großen Karawane vor. Einer war Susri al-Din; ein heiterer Bursche mit einem sympathischen Gesicht und zarten Wangen – genau wie unser Hassan hier –, in den Gewändern eines reichen Kaufmannssohnes. Die Soldaten, die überlebt hatten, mochten ihn sehr gerne und hatten sich deshalb den Spitznamen »Rehkitz« für ihn ausgedacht, den er seinen großen, dunklen Augen und seiner zartbraunen Haut zu verdanken hatte.

Es gab dann noch einen mageren Hofschranzen mit Namen Abdallah, offensichtlich ein untergeordneter Erbsenzähler, ein

Buchhalter, mit einem Mund, dessen Unterlippe wie ein Geldbeutel geformt war, und dessen durchdringendem, stahlhartem Blick nichts entging. Weiterhin stellte mir Ibn Fahad einen geradezu anstößig schwerfälligen Mullah, einen Geistlichen und Rechtsgelehrten vor, der gerade die Moscheeschule, die Medrese, verlassen hatte und eine ziemlich unsanfte Einführung in das Leben außerhalb der Moscheemauern über sich ergehen lassen mußte. Ruad, so hieß der Mullah, erweckte bei mir sofort den Eindruck, als ob er gerne mit den Soldaten trinken und lachen würde. Nebenbei muß ich erwähnen, daß außer mir und Ibn Fahad noch sechs andere Soldaten zu unserem armseligen Häuflein gehörten: Rifakh, Mohammad, Nizam, Achmed und Bekir – wie ich bereits erwähnte, waren sie alle noch jung und wenig im Kampfe erprobt. Die einzige Ausnahme bildete, wenn er auch nicht tatsächlich einen Sonderstatus einnahm, Hamed, ein alter Haudegen, dessen Gliedmaßen von der nebligen Feuchtigkeit des Gebirges in Mitleidenschaft gezogen wurden. Abdallah, dieser Erbsenzähler, hingegen erweckte mit seinem verschlossenen, aber klaren Gesicht den Eindruck, als ob er sich vom Alkohol fernhielte und seinen Kopf niemals aus dem Koran hebe. In gewisser Hinsicht entsprach das auch den Tatsachen, da für einen solchen Verwaltungshengst wie Abdallah das Hauptbuch mit seinen Zahlenreihen von Soll und Haben *das* heilige Buch schlechthin darstellte, möge Allah eine solche Gotteslästerung verzeihen!

Zu unserer kleinen Gruppe gehörte noch der anatolische Sklave Ibrahim, ein freundlicher Geselle, kleinwüchsig und drahtig, dessen Hände durch den häufigen Gebrauch von Safran gelbe Streifen angenommen hatten, die sich nicht mehr abwaschen ließen. Obwohl viele Menschen seiner Rasse in den Ländern des Islam als Sklaven dienen mußten und meist für ihre militärische Tapferkeit hoch in Ansehen standen, lagen die Begabungen Ibrahims eher auf dem Gebiet der Kochkunst. Ibn Fahad versicherte mir, daß Ibrahim sich auch schon mit dem Schwert bewährt habe, wenn dies nötig gewesen sei. Besonders in dem Kampf mit den Banditen habe er gezeigt, daß er es ebensogut verstünde, Kehlen zu durchtrennen, wie ein Stück Rindfleisch in zarte Scheibchen zu zerteilen.

Schließlich ist noch ein Überlebender anzuführen, der besonders durch die reiche Pracht seiner Gewänder, durch das außergewöhnliche Weiß seines Bartes und durch das unglaubliche Gewicht seines persönlichen Schmucks auffiel. Es handelte sich hierbei um Walid al-Salameh, den Wesir des erhabenen Kalifen Harun al-Raschid. Walid war der wichtigste Mann der Karawane gewesen. Überraschenderweise schien er trotzdem kein schlechter Mensch zu sein.

So waren wir nun versammelt, die Überreste der Gesandtschaft des Kalifen, ohne Hoffnung, unsere Mission doch noch zu einem erfolgreichen Ende bringen zu können. Uns blieb nichts anderes übrig, als unseren Weg zurück, nach Hause durch das fremde, feindliche Land zu suchen.

Die Banditen hatten nicht ein einziges Lasttier zurückgelassen und alle Geschenke, die für den armenischen Fürsten bestimmt waren, geraubt, was in unserer Situation keinen Nachteil bedeutete, da die einzelnen Gegenstände in diesem unbesiedelten Land keine Reiseerleichterung bedeutet hätten.

Ibrahim war am besten mit der Nahrungsmittelversorgung der Karawane vertraut. Er hatte Wüstenbrot, Pistazienkerne, gewürztes und getrocknetes Lammfleisch und Datteln aus einem Versteck hervorgeholt, wofür wir Allah, dem Allmächtigen, ausführlich Dank zu sagen wußten. Mit großer Freude zeigte uns Ibrahim auch noch einen kleinen Ebenholzkasten, der bis zum Deckel mit edelsten Gewürzen gefüllt war.

Wir anderen begaben uns dann schweren Herzens zurück zu dem Schlachtfeld der vorangegangenen Nacht, um dort nach brauchbaren Waffen zu suchen. Schließlich mußten wir uns noch darüber Gedanken machen, wie wir die Leichen der Kameraden am besten für eine Beerdigung vorbereiten könnten. Wir hatten nicht genügend Wasserbeutel oder ausreichende Kräfte, um das Wasser herbeizuschaffen, das wir benötigten, um unsere Toten am ganzen Körper abzuwaschen. Daher wuschen wir lediglich ihre Gesichter und, da wir keine Leichentücher mit uns geführt hatten, wickelten wir sie in ihre Umhänge, wobei wir ständig »Allahu Akbar« wiederholten.

Die Erde in dem Talkessel war so hart und steinig, daß wir, anstatt die Toten in der Erde zu begraben, Steine über sie häuften. Ruad, unser Mullah, hielt seine erste Totenfeier ab und betete für unsere Kameraden, während Ibrahim ein Feuer entfachte und aus den mageren Resten unserer ehemals üppigen Vorräte ein Totenmahl bereitete.

Diese Arbeiten hatten uns fast den ganzen Tag in Anspruch genommen. Um bei der Wahrheit zu bleiben, war ich froh, mich mit einer Schüssel würzigen Ragouts hinsetzen zu können, auch wenn es ein Fest für den Tod war, ein Fest für die Männer, mit denen ich einst Karten gespielt und Trinkgelage abgehalten hatte, mit denen ich Freude und Leid geteilt hatte.

Mir blieb keine Zeit, viel zu essen, da die Banditen zurückkamen und wie wilde Dämonen schrien.

3
Verloren in der Fremde

Wir waren eine zu erbärmliche Schar, um uns den gut bewaffneten Banditen zum Kampf stellen zu können. Glücklicherweise hatten wir bereits unsere verbliebenen Vorräte verschnürt, bevor die Beerdigungsfeier stattfand. Daher war alles zur Flucht bereit. Bei diesem Angriff wurden wir nicht von Sinnestäuschungen über den Ursprung des furchterregenden Lärms abgelenkt. Ich mußte aber tatsächlich Rifakh, einen der jungen Soldaten, hinter uns herziehen, da er schon sein Schwert gezückt hatte und die Ungläubigen in ihre Hölle zurückschicken wollte.

Auch Susri, das »Rehkitz«, wäre lieber geblieben und niedergeschlachtet worden, aber der Wesir überredete ihn eilig, sich uns anzuschließen.

In diesem Gebirge bewegten sich die vermaledeiten Kaukasier zwar in vertrautem Gelände, aber sie gerieten durch den ungewohnten Einsatz der von uns erbeuteten Pferde ins Hintertreffen; eines der Pferde erkannte ich als die Stute, auf der der armenische Gesandte geritten war.

Ibn Fahad ließ uns unser Heil im dichtbewachsenen Teil des nahe gelegenen Waldes suchen, eine Taktik, die sich wirklich als brauchbar erwies. Bei dem inzwischen einbrechenden Zwielicht und der darauf folgenden Nacht gelang es uns, den Plünderern zu entkommen, obwohl wir uns untereinander bei dem wilden Auseinanderstürmen ebenfalls aus den Augen verloren hatten.

Zu dieser Zeit wußte ich noch nichts von dem sprichwörtlichen Glück Ibn Fahads. Während der Begräbnisvorbereitungen hatte ich von ihm keine besondere Notiz genommen. In dieser Nacht jedoch hatte ich Zeit zum Nachdenken. Da ich die Spuren meiner

Reisegenossen verloren hatte, suchte ich mir schließlich einen umgefallenen Baum, um mich darunter auszuruhen. Um mich herum hörte ich die Tritte von wilden Tieren und fragte mich, welche fremdartigen Bestien mich in dieser nördlichen Waldwildnis belauerten. Um mich in meiner Einsamkeit von meinen Gedanken über wilde Tiere abzulenken, dachte ich an meine Gefährten.

Obwohl der Wesir Walid al-Salameh den höchsten Rang unter uns bekleidete, brachte ich mir in Erinnerung, daß es Ibn Fahad gewesen war, der vorgeschlagen hatte, die Vorräte vor dem Beginn der Totenfeier zu verpacken, auch war es Ibn Fahad, der unseren Rückzug leitete. Er war ein Mann mit einer größeren militärischen Erfahrung, als ich sie hatte, und darüber hinaus ein Mann, der unter dem Druck äußerer Umstände den Überblick behielt. – Ha! Schaut ihn euch an, meine lieben Gäste, sogar jetzt gibt Ibn Fahad vor zu schnarchen, offenkundige Lobesbezeugungen langweilten ihn schon immer. – Jedenfalls beschloß ich, wenn ich ihn und die anderen wiederfinden sollte, ihm meine Gedanken hierüber mitzuteilen. – Hmm. Wenn er wach wäre, würde er sicherlich lachen, wenn er mich so hören würde, also muß er wirklich schlafen. –

Das aufdämmernde Morgenlicht verlieh meinem Herzen Kraft. In einiger Entfernung hörte ich melodiös Wasser tropfen. Dieses Geräusch drang verzerrt durch den Nebel, der die Baumwipfel verschleierte und die Entfernungen nur schwer ermessen ließ. Durchgefroren und steif kroch ich aus meinem Unterschlupf hervor und suchte nach dem Fluß, nicht nur für die morgendlichen Waschungen, sondern auch um meine vom Durst brennende Kehle zu besänftigen.

Das Glück war mir hold. In einer schmalen Felsschlucht stand ich unvermutet Ibn Fahad gegenüber, der mit Ibrahim auf dem Weg war, die Wasserbeutel zu füllen. »Schließlich kehrt das letzte unserer verlorenen Schafe doch noch zurück«, bemerkte Ibn Fahad, als er mich sah. Er hatte die anderen bereits vor dem Morgengrauen aufgespürt und auf einer Lichtung versammelt. Ich folgte ihm und dem Anatolier und gelangte so wieder zu denen, die von unserer Karawane übriggeblieben waren, um mit ihnen ein kärgliches Frühstück zu teilen.

Wiederum war ich dankbar, noch am Leben zu sein und in Gemeinschaft meiner Leidensgefährten.

Das Gebirgsland des Kaukasus war ein kaltes und gottverlassenes Gebiet. Der Nebel hing schwer in den Baumwipfeln und war außerordentlich feucht. Er kroch mit der Morgendämmerung hervor, löste sich um die Mittagszeit, wenn die Sonne am höchsten stand, kurz auf und schlich sich lange vor Sonnenuntergang zurück. Von jetzt an waren wir ununterbrochen so durchnäßt wie Brunnengräber. Das Gebirge erwies sich als heimtückische Gegend: Hier lebten unzählige Wolfsrudel und eine unglaubliche Menge Bären, das Gebiet war so dicht mit Wald bewachsen, daß die Sonne an manchen Stellen niemals bis zum Erdboden vordringen konnte.

Wir waren auf unserer Flucht vor den Banditen weit gerannt, und keiner von uns hatte sich die Richtung gemerkt oder sie gar markiert. Seit wir unseren ortskundigen Führer verloren hatten, liefen wir orientierungslos umher und wären wahrscheinlich weitergekommen, wenn wir nicht so oft im Kreise gegangen wären. Schließlich mußten wir uns eingestehen, daß wir einen ortsansässigen Führer benötigten. In dieser Gebirgsgegend wuchsen die Bäume so dicht zusammen, daß die Bestimmung einer festen Richtung manchmal stundenlang unmöglich war. Durch eine allgemeine Absprache legten wir für unsere Gebete die Richtung nach Mekka fest. Wahrscheinlich beteten wir dann ebenso oft gen Aleppo wie zu der Heiligsten der Heiligen Städte, was Allah uns verzeihen möge. Unser Mullah hatte auch keine bessere Idee, wohin wir unsere Gebete richten sollten, als der Rest von uns. Wir mußten nun eine schwere Entscheidung zwischen einer möglichen Entdeckung und der nötigen Sicherheit treffen. Es sollte aber noch Tage dauern, bis wir auf Anzeichen menschlicher Besiedlung trafen.

Bei Nacht hatten wir bereits des öfteren andere Holzfeuer als das unsere wahrgenommen und manchmal den Duft von etwas Gekochtem. Einmal hatten wir in einer klaren Nacht die Lichter eines Bergdorfes im Zwielicht aufblitzen sehen, aber bei unserer Vorsicht wandten wir uns ab, bevor wir mit den Bergbewohnern in Berührung kommen konnten. Wer konnte wissen, welche Art von Begrüßung uns dort erwartete?

Die Menschen, die wir bei Tag heimlich beobachtet hatten, schienen ein eng zusammenhängendes Volk zu sein, sie zogen niemals alleine los, ohne nicht mindestens einen Begleiter mitzunehmen. Männer wie auch Frauen trieben ihre Tiere auf die hohen Berge zu den Sommerweiden, wo sie ihre Ziegen- und Schafherden hüteten. Sie blieben aber stets in Rufweite voneinander.

Ruad, der Mullah, schlug vor, daß einer von uns zu einer Siedlung aufbrechen sollte, um sich nach einem Führer zu erkundigen. Abdallah, der Hofbuchhalter, grinste höhnisch über diesen Vorschlag: »Womit sollen wir ihn bezahlen? Auf diese Art erfahren diese Leute von unserer Existenz und darüber hinaus noch von unserer Wehrlosigkeit.« Obgleich ich nicht mit einem Hofschranzen derselben Meinung sein wollte, mußte ich seiner Argumentation doch zustimmen. »Wie können wir von Ungläubigen Wohltätigkeiten erwarten?« ließ sich Abdallah abschließend vernehmen.

An jenem Tag zeigte sich die Sonne für uns frühzeitig genug, so daß wir die Südrichtung bestimmen konnten, um ihr zu folgen. Wir kamen in unserem Gespräch über einen einheimischen Führer nicht weiter. Auch als wir auf eine andere Siedlung trafen, eine Ansammlung von kleinen, eng beieinander stehenden, sich an den Abhang klammernden Holzhütten, wandten wir uns sofort westwärts, von dem Dorf weg.

Im kalten Morgengrauen des folgenden Tages kamen wir an einem aus Steinen gemauerten Unterschlupf an einem steilen Abhang, fast über der Baumgrenze, vorbei. Er war so klein wie ein Nomadenzelt und erweckte den Eindruck, als ob er zur gleichen Zeit nicht mehr als vier Menschen Schutz gewähren könnte. Die Steine waren ohne Mörtel oder Gips zusammengesetzt, um die Seitenwände zu bilden. Das Dach war von innen her in ähnlicher Weise errichtet worden, während von außen der Eindruck entstand, als ob das Gras des steilen Abhangs ganz natürlich auch über diese kleine Erhebung wachse. An einer Seite dieses merkwürdigen Gebildes befand sich eine Öffnung, und ein kleiner Bach fiel leise plätschernd von der Dachkante, gleich einem Vorhang aus Wasserperlen und -schnüren. Achmed und ich trennten uns von den übrigen und näherten uns vorsichtig dem Unterschlupf. In dem Unterschlupf befand sich ein kleiner Teich, der mit großen, flachen Steinen eingefaßt war. Auf einem der Steine kniete ein Junge, der auf die ruhige Wasseroberfläche blickte, als ob er sich in Trance befände. Er hielt einen Strauß, den er aus den letzten Frühlingsblumen gebunden hatte, in seiner Hand. Der Junge schien unsere Ankunft nicht bemerkt zu haben. Achmed schlich sich hinter den Jungen und packte ihn an den Schultern. Unsere Erfahrungen mit diesem Gebirge und seinen Bewohnern hatten uns diese Heimlichkeit aufgreifen lassen, die sonst überhaupt nicht zu einem aufrichtigen Gläubigen paßt. Der Junge erstarrte, ein leiser Schrei entfuhr ihm, und als er uns erblickte, wich alles Blut aus seinem Gesicht.

4
Geräusche in der Nacht

Mir tat der Junge leid, und irgendwie tut er mir auch jetzt noch leid, da die Begegnung mit uns sein Leben vollständig und dauerhaft verändert hat. Das war aber offensichtlich Allahs Wille.

Als er erkannte, daß wir keine Geister oder Dschinns waren und ihn nicht auf der Stelle töten wollten, beruhigte er sich und erwies sich dann noch als recht nützlich. Wie wir später herausbekommen konnten, war sein Name Kurken. Dieser Name war ohne jede Bedeutung und für zivilisierte Zungen unerfreulich auszusprechen, zumal hierbei immer ein häßliches Gurgeln in den Kehlen umhergerollt werden mußte.

In diesen Bergen, die sogar den Himmel in verschiedene Fetzen auseinanderreißen, unterscheiden sich die Dialekte sogar von Tal zu Tal. Wer einmal in seinem Dorf Fuß gefaßt hat, verläßt normalerweise seine Heimat nicht mehr, und so entsteht auch kaum das Bedürfnis, andere Sprachen zu erlernen. Hier kam uns das Glück abermals zur Hilfe, da der Junge bereits einige Reisen unternommen hatte und deshalb nicht nur die landschaftlichen Gegebenheiten kannte, sondern auch ein paar Brocken Arabisch beherrschte. Diese Sprachkenntnisse waren ihm von frommen Schriftgelehrten vermittelt worden, die im Gebirge im Dienste Allahs die Worte des Propheten auf den Marktplätzen der kleinen Ansiedlungen – manchmal sogar direkt vor christlichen Kirchen – predigten. Christen sind, wie ihr wißt, Anhänger der Bibel, obgleich sie zu den Ungläubigen zählen. Wenn einige von ihnen die Weisheit des Korans vernehmen, können sie tatsächlich den Unterschied zwischen Gut und Böse kennenlernen oder sogar zu dem einen wahren Glauben übertreten. Ob sie nun übertreten oder nicht, auf jeden Fall lernen sie ein sinnvolles Gespräch zu führen.

Mit der Hilfe seines geringen Wortschatzes und der nützlichen, wenn auch beschränkten Kenntnisse des Wesirs bezüglich der kaukasischen Sprache konnten wir uns bald vernünftig mit dem Jungen unterhalten.

Unser »Kitz« brannte darauf, zu erfahren, was der Junge an dem verborgenen Teich getan hatte. Zuerst gab er vor, die Frage nicht richtig verstanden zu haben. Wir konnten aber an seinem plötzlichen Erröten ablesen, daß hinter dem Schweigen des Jungen mehr als nur ein Sprachhindernis steckte.

»Wir wollen ihn deshalb nicht weiter drängen«, warnte uns der Wesir. »Wir müssen dieses Geheimnis nicht aufdecken, es wird uns wohl kaum schneller in die Heimat zurückbringen.«

Als wir ihn dann etwas freundlicher über unser Vorhaben befragten, besonders über die wichtigsten Orientierungspunkte in diesem Gebiet, weihte uns der Junge bereitwillig in seine Kenntnisse ein. Als er erfuhr, daß unser Ziel im Süden lag, wurde er wieder unruhig, blinzelte in diese Richtung und schüttelte seinen Kopf.

»Sei unbesorgt«, versuchte Bekir, ein junger Soldat, dessen Bart kaum sein Kinn bedeckte, Kurken zu beruhigen, »wir haben Schwerter, und wir haben ein fast unerschöpfliches Wissen.«

»Das ist auch der Grund, weshalb wir auf diesen Felsspitzen umherkrabbeln wie Palmenratten ohne ihre Bäume«, entgegnete Ibn Fahad und nickte weise.

»Ich kann euch nach Osten führen, Tiflis«, schlug der Junge in seinem holprigen Arabisch vor. »Von dort könnt ihr eine Karawane finden, der ihr euch anschließen könnt.«

»Wir werden südwärts gehen«, stellte der Wesir Walid al-Salameh mit einer Bestimmtheit fest, die keinen Widerspruch zuließ. Ich bin sicher, daß er, ebenso wie wir alle, nichts mehr ersehnte als den Sand unter der Sonne, um den Regengüssen und den krankhaften Launen dieser drückend feuchten Atmosphäre so schnell wie möglich zu entkommen.

Für einen Gefangenen protestierte Kurken ziemlich heftig, aber wir hörten nicht auf ihn und wandten uns gen Süden. Wir mußten ihn zwingen, mit uns zu ziehen, da er eine besondere Fähigkeit besaß, den richtigen Weg auszumachen, die uns unbekannt ist.

Unter Walids Anleitung wuchs die Gewandtheit des Jungen in unserer Sprache ständig. Von Zeit zu Zeit unterhielt ich mich mit ihm, um etwas über die bei seinem Volk gebräuchlichen Kampftechniken in Erfahrung zu bringen, aber er gehörte wohl zu einer Stammestradition, die sich von der unterschied, aus der die Räuber hervorgegangen waren, die uns angegriffen hatten. Die Kunst des Schwertkampfes war ihm gänzlich unbekannt.

Mit Kurkens Hilfe machten wir wirkliche Fortschritte und erreichten die Hochlagen des nächsten Gebirgszuges innerhalb von zwei Tagen. Bei uns stellte sich der Wunsch nach einer Feierlichkeit ein, da wir diese Nacht erstmals wieder unter freiem Himmel verbringen sollten, ohne das erdrückende Dach der Wälder. Ibrahim hatte es fertiggebracht, in einem Teich, an dem wir gegen Ende unseres Tagesmarsches Rast gemacht hatten, Fische zu fangen, und er war begeistert, uns endlich wieder etwas Frisches zubereiten zu können. Bereits der Duft, der von dem Fischgericht ausging, schürte unsere freudige Stimmung. Ohne Ehrfurcht vor dem jungen Mullah fluchten die Soldaten, daß ihnen ein starker Trank fehlte, aber wir waren immer noch glücklicher, als wir lange Zeit gewesen waren.

Als der Wesir Walid eine lustige Geschichte erzählte, sah ich mich im Lager um. Ich entdeckte zwei unzufriedene Gesichter, das des Hofbuchhalters Abdallah, von dem auch nichts anderes zu erwarten war, da er offenkundig ein saurer, alter Teufel war, und das des Jungen. Ich ging zu Kurken hinüber.

»Na, mein junger Freund«, sprach ich ihn an, »warum siehst du so niedergeschlagen aus? Hast du nicht bemerkt, daß wir gutherzige und gottesfürchtige Leute sind? Wir werden dir bestimmt nichts antun.«

Er hob noch nicht einmal seinen Kopf, der nach der Art der Schafhirten auf seinen Knien ruhte, aber er richtete seinen Blick zu mir auf.

»Darum dreht es sich doch gar nicht«, sagte er. »Es sind nicht die Soldaten, sondern... diese Gegend.«

»Dieses Gebirge ist wirklich sehr düster und unheimlich«, stimmte ich ihm zu, »aber warum machst du dir deshalb Sorgen? Du hast doch dein ganzes junges Leben hier verbracht.«

»Nicht an diesem Platz. Wir kommen niemals hierher – ein unseliger Ort. Der Vampyr geht hier um.«

»Vampyr?« fragte ich befremdet. »Was zum Teufel ist denn das?«

Er wollte keine weitere Antwort mehr geben, auf welche Weise ich auch in ihn zu dringen versuchte, aber er schien mehr erschreckt und furchtsam zu sein als böse; ich überließ ihn seinem Brüten und ging zum Feuer zurück.

Als ich dort von meinem Gespräch mit Kurken berichtete, brachen die Männer in schallendes Gelächter über den Vampyr aus und stellten im Spaß Vermutungen darüber an, welcher Tierart er wohl zugerechnet werden müsse, bis unser gelehrter Ruad sich mit einer Handbewegung Ruhe verschaffte und uns ermahnte, nicht wie eine Meute Gottloser über eine solche Kreatur zu lachen, da er selbst schon von derartigen Phänomenen gehört habe. Seine Ermahnung hatte den Tonfall eines Scherzes, wobei aber ein ernsthafter Unterton nicht zu überhören war. In seinem runden Gesicht zeichnete sich ein bisher nicht gekannter Ausdruck ab; wir hörten ihm gespannt zu, als er fortfuhr.

»Der Vampyr ist eine ruhelose Seele. Er ist weder tot noch lebendig, und Satanas hat für immer von seiner Seele Besitz ergriffen. Bei Tag schläft er in einer Grabkammer, aber sowie der Mond seinen Platz am Himmelsgewölbe eingenommen hat, kriecht er hervor, um sich von Reisenden zu ernähren, indem er ihr Blut säuft.«

Einige der Männer lachten wieder laut auf, aber diesmal war ihr Lachen so falsch wie das Lächeln eines Kupferwarenhändlers.

»Ich habe hierüber Berichte von ausländischen Reisenden gehört«, fügte der Wesir Walid ruhig hinzu. »Man erzählte mir von dieser Vampyrbrut, die in einem Dorf in der Nähe von Smyrna gehaust hatte. Soweit dies noch möglich war, hatten die Einwohner die Flucht ergriffen, das Dorf ist heute noch unbewohnt.«

Ein anderer von unseren Mitreisenden erinnerte sich an eine Geschichte über ein Ungeheuer, dem Zähne an beiden Seiten seines Kopfes wuchsen. Eine Dämonengeschichte folgte nun der anderen bis spät in die Nacht hinein, und niemand verließ das Lagerfeuer, bis es vollständig heruntergebrannt war.

Wegen der kurzen Nachtruhe fühlten wir uns am nächsten Tag miserabel, aber wir zogen weiter, da wir nun endlich wußten, daß wir die richtige Richtung einschlugen. Erst als sich die Abenddämmerung wie eine riesige, schwarze Henne auf der Hügelkette niederließ, kehrte die Unbeschwertheit des vorangegangenen Abends zurück.

In der Dämmerung schoß der Soldat Mohammad ein Reh mit einem der Pfeile, die wir von dem Schlachtfeld hatten bergen können. Ibrahim würzte das frische Fleisch mit Salz, Zimt und ganzen Knoblauchzehen, was der abendlichen Mahlzeit einen köstlichen Geschmack verlieh. Als wir alle genug gegessen hatten – zum ersten Mal war dies nach dem Angriff der Banditen möglich –, setzten wir uns in einer angenehmen Betäubung um das Lagerfeuer. Wieder schaute ich zu dem Jungen hinüber. Er hockte mit untergeschlagenen Beinen am Rande des Lichtkreises, der von unserem Feuer gegen die umstehenden Bäume geworfen wurde, halb abgewandt, mit gekrümmten Schultern und aufmerksamer Miene.

(Als Ibn Fahad und ich bei Tag etwas hinter den anderen zurückgeblieben waren, hatten wir beide den Verdacht geäußert, daß Kurken möglicherweise fliehen wollte. Wir hatten übereinstimmend festgestellt, daß er wohl nicht bei Nacht fortlaufen würde, da unsere Gesellschaft und unser Feuer ihn vor dem Bergdämon schützten. Bei Tageslicht aber, wenn sein Teufel in seiner Gruft liegen mußte, könnte er einen Fluchtversuch wagen. Daher beschlossen wir, ihn abwechselnd im Auge zu behalten.)

Als ich nun Kurken beobachtete, fühlte ich mich trotzdem unbehaglich. Ich konnte die Gewohnheiten dieser ungläubigen Bergbewohner nicht verstehen. Vielleicht hatte er einen Talisman, der ihn vor dem Bösen bewahrte. Als ich der Geschichte Aufmerksamkeit schenkte, die Susri, unser »Kitz«, gerade erzählte, einer Geschichte von einem Wasserträger und drei Damen in Bagdad, reich an Lustbarkeiten, so daß es uns erstaunte, daß ein Knabe von ihnen berichten konnte, behielt ich trotzdem den armenischen Jungen im Auge.

Ich sah ihn, gespannt wie zu einem Sprung, vornüber gebeugt in Richtung des dunklen Waldes spähen. Sein Kopf bewegte sich in schnellen, kurzen Bewegungen hin und her, als ob seine Augen nach etwas Unsichtbarem Ausschau hielten. Kurz darauf sprang er auf seine Füße, kauerte sich zusammen, eine Hand auf dem Boden, und ich fürchtete, er könne in die Nacht davonlaufen, und wir würden ihn niemals wiederfinden. Ich stand ebenfalls auf und hörte, da Susri deswegen seine Geschichte unterbrochen hatte, in einiger Entfernung das Brechen von dürren Zweigen.

Auch die anderen richteten sich auf und zogen Dolche oder Schwerter.

Einen Moment lang standen wir alle wie erstarrt da. Die Nacht war vollkommen ruhig, nur das Knistern des Feuers war zu hören. Schließlich rief einer der Soldaten in die Dunkelheit: »Wer ist da?« Ein Schaudern kroch mein Rückgrat hinauf. Alle Teufel und Ungeheuer aus den Erzählungen der letzten Nächte kehrten zurück, um mich das Schaudern zu lehren, während ich auf eine Antwort aus der Dunkelheit wartete.

»Bismillah«, sagte Ruad sanft. »Allmächtiger Allah.«

Erneut knackten die Zweige, und dann trat ein dunkler Schatten aus dem Wald in den Feuerschein.

5
Aus der Dunkelheit

Tausend düstere Phantasien schwirrten durch meinen Kopf. Der zuckende Schatten, den die Kreatur gegen die Baumstämme warf, schien nur aus bösen Absichten zu bestehen. Mir kamen all die Dinge in den Sinn, die ich bisher nicht beendet hatte, all die Freuden, die ich noch nicht ausgekostet hatte. Dann näherte sich das »Ding« dem Lagerfeuer.

Anders als erwartet, konnte man nun weder die dunkle, hoch aufgerichtete Figur eines Dschinns oder eines Teufels erkennen, noch das furchterregende, blutgierige »Ding«, das Ruad, der Mullah, beschrieben hatte, sondern eine ziemlich traurige, fast zarte Figur in Stiefeln, ausgebeulten Hosen und einer langen, dunklen Jacke mit vielen kleinen Knöpfen; ihr Kopf war mehrfach mit einem gestreiften Schal umwickelt. Eine Provianttasche hing ihr zur Seite, und so flach wie sie war, wirkte sie bar jeden Inhalts. Die Kreatur starrte uns aus großen, trotzigen Augen an, die Arme über der Brust verschränkt.

»Sossi!« brach es aus dem armenischen Knaben hervor.

»Kurken«, antwortete das fremde Geschöpf mit einer zarten, musikalischen Stimme.

»Bei Allah, eine Frau«, murmelte Ibn Fahad, der neben mir stand. Ich kniff die Augen zusammen und erkannte, daß er recht hatte. Ihrem Aussehen nach war sie kaum dem Mädchenalter entwachsen, und sie trug keinen Schleier vor ihrem Gesicht. In ihrem Gesicht und in ihrem Gang lag aber bereits etwas, das auf ihre Weiblichkeit schließen ließ. Unter all den Kreaturen, deren Auftauchen ich erwartet hatte, hätte ich mir niemals eine solche vorgestellt.

»Sossi«, rief der Junge abermals und überschüttete das Mädchen mit einem Redeschwall in ihrer Muttersprache. Aus dem Tonfall heraus war klar, daß er sie ausschimpfte.

Ich ging zu Walid al-Salameh hinüber. So gut er konnte, übersetzte er mir, was der Junge gesagt hatte, und versuchte, der Schimpftirade weiterhin zu folgen.

Kurken wollte von Sossi wissen, warum sie ihr Leben riskiert habe, um ihm zu folgen, wo doch jeder den schrecklichen Todesboten, den Vampyr, kenne und wisse, daß er sein Unwesen im Schutze der Nacht treibe? Wie könne sie so dumm sein? Wie könne sie ihr Leben riskieren, wo er zwischen den fremden Teufeln nur mit dem Gedanken überleben könne, daß sie, was auch immer mit ihm geschehe, in Sicherheit sei? Jetzt seien sie beide verloren, und es gäbe nichts, was er für ihre Rettung tun könne.

Ich muß sagen, daß mich die Vorwürfe, die der Junge gegen das Mädchen erhob, auch wenn sie in einer Sprache, die ich nicht spreche, erhoben wurden, von den früheren Warnungen des Jungen überzeugten: Er glaubte tatsächlich, daß dieses Gebiet verwunschen war, daß es kein Entrinnen gab, daß wir alle verloren waren. Seine Stimme bebte vor Furcht und Schrecken, sie hätte mich fast völlig entmutigen können.

Ohne besondere Reaktion ließ das Mädchen den Wortschwall über sich ergehen. Einmal hob es nur eine Augenbraue, ein anderes Mal preßte es seine Lippen ein wenig zusammen. Schließlich zuckte es mit den Schultern und ging ein wenig näher zum Feuer. Seine Blicke waren auf die Knochenreste unseres Mahles gerichtet. Der Junge sprach noch immer auf das Mädchen ein, aber es hatte ihm den Rücken zugewandt. Mit verschränkten Armen starrte es auf Ibrahim, unseren Koch, dann wieder auf die Überbleibsel unseres Mahles.

Ibrahim lächelte das Mädchen freundlich an, mit einem entgegenkommenden Gesichtsausdruck, mit dem er alle hungrigen Menschen begrüßte.

Er hielt solche Menschen für Geschenke Allahs, weil sie ihm Gelegenheit boten, seine Kunst zu zeigen. Mit einer für ihn charakteristischen Geste schnitt er ein großes Stück Fleisch ab und bot es Sossi an. Ganz langsam löste sie die verschränkten Arme und griff nach dem Fleisch. Mit einer schlangenartigen Halsbewegung nickte sie mit dem Kopf und brachte ein kurzes Wort hervor, das ich für einen Dank hielt. Dann setzte sie sich nach Art der Schneider und begann zu essen. Wie die Ungläubigen überall in der Welt benutzte sie beide Hände, um das Fleisch festzuhalten. Sie biß es ab und schluckte die einzelnen Brocken, fast ohne zu kauen, hinunter. Diese Leute müssen Wolfsblut in sich haben, dachte ich.

Der armenische Junge ging zu ihr hinüber, sein Gesicht zu einer ärgerlichen Grimasse verzogen, und fuhr fort, sie zu beschimpfen, bis Walid al-Salameh ihn anfuhr: »Genug jetzt, kennst du diese Person?«

Kurken setzte sich nun auch, sein Gesicht war kreidebleich. »Ja«, antwortete er.

»Eine Verwandte?« wollte Ruad, der junge Mullah, wissen.

»Nein.«

»Eine dir sehr liebe Person?« fragte unser »Kitz«.

Kurken blickte mit niedergeschlagenen Augen auf die Erde und blieb eine Weile vollkommen still. Schließlich seufzte er tief auf und schaute uns wieder an. Zunächst versuchte er arabisch zu sprechen, dann wechselte er zu seiner eigenen Sprache über, die der Wesir mühsam übersetzen mußte.

»Sie ist hier in das Zentrum der Gefahr eingedrungen«, murmelte er düster vor sich hin. »Sie, die Unerreichbare, der Edelstein meines Herzens.« Er blickte sich in unserer Runde um und erkannte, daß er im Mittelpunkt unseres Interesses stand. Mit der Hilfe des Wesirs erzählte Kurken uns folgende Geschichte:

»Ich weiß nicht, wie solche Dinge im flachen Wüstenland gehandhabt werden, aber hier in den Bergen werden Heiraten zwischen den Eltern der Brautleute vermittelt. In meinem Fall haben mein Vater und einer seiner Freunde beschlossen, als ich und die Tochter des Freundes geboren worden waren, uns einander zu versprechen. Diese Verbindung hätte den Wohlstand beider Familien vergrößert. Ich wuchs in der Annahme auf, daß ich und das Mädchen Arpine heiraten würden, bis zu dem Tag, an dem ich am Dorfbrunnen vorbeikam und Sossi dort mit den Wasserkrügen sah.«

Hier unterbrach er seinen Bericht und blickte für eine Weile gedankenverloren ins Feuer. Das Mädchen, Sossi, beobachtete ihn beim Sprechen, obgleich sie fortfuhr zu essen. Er starrte ins Feuer und wandte sich dann zu dem Mädchen um. »Sossi und mich trennen nur sechs Nabel, daher verbieten uns die Regeln unserer Religion zu heiraten.«

Abdallah schnaubte verächtlich. »Was bedeutet ›sechs Nabel‹?« erkundigte er sich. Der Wesir bat den Jungen, dies näher zu erklären.

Als der Junge antwortete, bat Walid ihn, das Gesagte nochmals langsam zu wiederholen und übersetzte dann: »Sie ist die Tochter einer Tochter eines Sohnes von der Schwester des Vaters, dessen Mutter die Mutter meines Vaters ist.«

»Das ist in der Tat ein ernster Grund«, meinte Ibn Fahad.

Da der Junge diese Bemerkung verstanden hatte, errötete er, wegen dieses Anfluges von Sarkasmus.

»Es war falsch von mir, von ihr zu träumen, und für sie war es falsch, von mir zu träumen. Wir hätten uns nicht heimlich treffen dürfen und nicht einmal miteinander sprechen dürfen. Der schlimmste Fehler war jedoch, zu der Frühlingsgeweihten, zu Anahit, zu gehen und die Göttin um Hilfe in dieser Angelegenheit zu bitten, da ich ein guter Christ bin und dies ein heidnischer Brauch ist. Ich erhielt aber eine Antwort, eine Antwort, mit der ich nicht gerechnet hatte, daß ich nämlich von euch gefangengenommen und zu diesem Platz der Verdammnis gebracht würde. Ich hätte niemals angenommen, daß meine Sünden auch Sossi mit ins Unglück ziehen würden.«

»Es sieht aber so aus, als ob sie selbst dafür gesorgt hätte, hierher zu kommen«, sagte Ibn Fahad und lächelte das Mädchen an, das augenblicklich seinen Blick senkte.

Es war nicht einfach nachzuvollziehen, warum Kurken sich zu dieser Sossi so überaus hingezogen fühlte, es sprach aber auch nicht für das Mädchen, das er wegen Sossi im Stich gelassen hatte.

Die Kindfrau vor uns war ein Geschöpf, das eigentlich durch keinerlei Künste der Verlockung die Aufmerksamkeit auf sich zog. Sie trug keinen anderen Duft, außer ihrem eigenen, sie hatte keine Farben auf Mund oder Augenlider aufgetragen und hatte nicht einmal die angenehmen Mysterien zarter Schleier oder anderer fließender, verdeckender Kleidung angetan. Schon gar nicht hatte sie die zurückhaltende Ehrbarkeit der Frauen unserer Rasse, sie erweckte den Eindruck eines frechen und schamlosen Jungen. Daß sie Kurken in diese Wildnis gefolgt war, wo, gemäß bäuerlicher Phantasie, teuflische Wesen ihr Unwesen treiben sollen, zeugte entweder von großer Hingabe oder ungeheurer Dummheit, wahrscheinlich von beidem.

Es war offensichtlich, daß sie sich fürchtete, unter Fremden zu sein. Mir tat es leid, daß er ihr einen solch unfreundlichen Empfang bereitet hatte. Daher versuchte ich einzulenken: »Wie auch immer, sie ist hier, und sehr jung ist sie auch. Sie ist gewiß eine der Armen, für die zu sorgen der Prophet uns aufgetragen hat, da sie nur sich selbst und ihr Bündel besitzt. Laßt uns hier für sie auf Erden sorgen, um uns einen Platz im Paradies zu sichern.«

Ruad, der Mullah, pflichtete mir bei, und niemand hatte etwas dagegen, obgleich Abdallah mächtig die Stirn runzelte, da er wohl befürchtete, daß das Mädchen uns Unglück bringen könnte.

In meinem Gepäck hatte ich noch einen zweiten *taylasan*, ein langes und breites Stück schwarzen Stoffes, den ich ihr anbot. Für einen Moment besah sie sich den Stoff, rieb dann ihre Hände an ihrer Hose ab und streckte sie aus, mit den Handflächen nach oben. Ihre Augen waren gesenkt, so daß die Wimpern ihre Pupillen bedeckten, als ob sie befürchtete, mir ins Gesicht zu sehen. Ich legte den *taylasan* auf ihre Arme. Sie murmelte daraufhin etwas, gespickt mit harten Konsonanten und gedehnten Vokalen, nickte einmal kurz mit dem Kopf und wickelte sich dann im Handumdrehen in den Stoff. Sie rollte sich zusammen, und als sie schließlich so neben dem Feuer lag, wirkte sie dort wie ein kleiner, runder Felsen. Ich nahm ihr Verhalten zum Anlaß, zu überdenken, daß es auch für uns höchste Zeit war, uns für die Nacht vorzubereiten. Wir stellten Achmed als Wache auf, und wir übrigen verbeugten uns gen Mekka, um dann beruhigt einzuschlafen.

Um die Mittagszeit am nächsten Tag hatten wir das Hochgebirge hinter uns gelassen und zogen hinunter in dunkle, üppig bewachsene Täler. Kurken und Sossi verhielten sich ruhig und friedlich.

Wir legten eine ziemlich weite Wegstrecke zurück. Als wir in jener Nacht dann das Lager aufschlugen, waren die Sterne wieder vor uns verborgen, und weder Allah noch der Himmel vermochten auf uns herabzublicken.

Ich erinnere mich, daß ich vor dem Morgengrauen erwachte. Mein Bart war mit einer Vielzahl feiner Tautropfen bedeckt, und ich fand mich auf kaum entwirrbare Weise in meine Decke verwickelt. Während ich noch versuchte, mich aus dieser Fessel zu befreien, bemerkte ich plötzlich, daß ein großer, dunkler Schatten über mir stand. Ich muß gestehen, daß ich einen quietschenden Schrei ausstieß.

»Ich bin es«, sagte der Schatten und erhob sich – es war Rifakh, einer der Soldaten.

»Du hast mich angestoßen.«

Rifakh kicherte. »Ihr dachtet, ich sei der Vampyr, he? Es tut mir leid. Ich wollte nur aufstehen, um mir Erleichterung zu verschaffen.« Er machte einen großen Schritt über mich, und ich hörte ihn durch das Unterholz stapfen. Kurz darauf schlief ich wieder ein.

Die Sonne stand schon fast am Horizont, als ich wieder geweckt wurde, diesmal aber von Ibn Fahad. Er rüttelte an meinem Arm. Mißmutig knurrte ich ihn an, mich in Ruhe zu lassen, aber sein Griff blieb so hart wie der eines Bettlers.

»Rifakh ist verschwunden«, sagte er in eindringlichem Ton. »Wacht auf, habt Ihr ihn gesehen?«

»Er ist mitten in der Nacht beinahe auf mich getreten, auf seinem Weg, die Bäume zu bewässern«, erinnerte ich mich. »Er ist wahrscheinlich in der Dunkelheit hingefallen und hat sich dabei den Kopf gestoßen. Habt ihr schon nach ihm gesucht?«

»Schon mehrere Male«, antwortete Ibn Fahad. »Um das ganze Lager herum. Keine Spur von ihm. Hat er Euch etwas gesagt?«

»Nichts von Interesse. Vielleicht hat er den Vetter siebten Nabels von unserem Bauernburschen getroffen und ist mit ihm losgegangen, um dem Volk das Tier mit den zwei Rücken vorzuführen.«

Ibn Fahad war keineswegs von meinem Scherz angetan, wie seine Miene deutlich zum Ausdruck brachte.

»Vielleicht aber auch nicht. Vielleicht ist er einer anderen Bestie begegnet.«

»Macht Euch darüber keine Sorgen«, versuchte ich ihn zu beruhigen. »Wenn er nicht irgendwo in der Nähe gestürzt ist, wird er zurückkommen.«

Aber er kam nicht zurück. Als die übrigen Mitglieder unserer Reisegruppe aufgestanden waren, veranstalteten wir eine ausführliche Suche, allerdings ohne Erfolg. Das Fährtensuchen ist niemals eine Kunstfertigkeit gewesen, auf die ich mein besonderes Augenmerk gerichtet hatte. Daher versuchte ich Bekir, demjenigen, der in unserer Reisegruppe wilden Beduinen noch am nächsten stand und sich ein wenig auf das Lesen von Spuren verstand, die Stelle zu zeigen, wo Rifakh in der Dunkelheit verschwunden war. Er entdeckte ein paar abgebrochene Ästchen und sonst nichts.

Als die Sonne am höchsten stand, beschlossen wir niedergeschlagen, unseren Marsch fortzusetzen, in der Hoffnung, daß er uns einholen würde, wenn er sich verirrt hätte.

Wir kletterten ins Tal hinab und drangen immer tiefer in das unbekannte Waldgebiet ein. Es gab kein Zeichen von Rifakh, obgleich wir von Zeit zu Zeit stehenblieben, um nach ihm zu rufen, für den Fall, daß er uns suchen sollte. Eigentlich hatten wir keine Sorge, von feindlichen Bewohnern des Waldes entdeckt zu werden, da das dunkle Tal so leer war wie der Geldbeutel eines armen Mannes. Nichtsdestotrotz fühlten wir uns unwohl, wenn der Klang unserer Stimmen über die kleinen Lichtungen hallte, und wir zogen schweigend weiter.

Die Dämmerung zieht am Fuß eines Gebirges immer schnell auf. Bereits mitten am Nachmittag begann es, dunkel zu werden.

Einer der Soldaten versuchte sich Abwechslung zu verschaffen, indem er unser junges »Rehkitz« mit diesem Spitznamen hänselte. Obwohl Susri heftig dagegen protestierte, paßte der Spitzname wirklich hervorragend zu ihm. Er hatte noch immer nicht das Verschwinden Rifakhs verwunden und war wohl überhaupt nicht in der Stimmung für Scherze. Plötzlich brachte er unseren Zug zum Stehen, indem er aufschrie: »Schaut nur, dort...!«

Wir drehten uns um, um dort hinzusehen, worauf er zeigte, aber die dicken Baumstämme und das dichte Unterholz ließen uns nichts erkennen. »Ich sah einen Schatten!« rief der Junge. »Er war gar nicht weit entfernt hinter uns und folgte uns. Vielleicht ist es ja der vermißte Soldat.«

Die Männer rannten zurück, um nachzusehen. Obwohl wir hinter jedem Grashalm suchten, konnten wir keine Spur entdecken. Der Einbruch der Dunkelheit muß dem »Rehkitz« einen Streich gespielt haben, vielleicht hatte er einen Hirsch oder etwas Ähnliches gesehen.

Zwei weitere Male glaubte er noch, etwas entdeckt zu haben. Bei dem letzten Mal glaubte auch einer der Soldaten, etwas erspäht zu haben: eine dunkle, menschenähnliche Gestalt, die sich geschickt zwischen den Bäumen bewegte, ungefähr einen Bogenschuß entfernt. Eine weitere gründliche Untersuchung brachte abermals keine Beweise, und so ging unsere Gruppe wieder auf den Pfad zurück. Der Wesir Walid sah das »Kitz« mit einem langen, strafenden Blick an. »Vielleicht wäre es besser, junger Mann, wenn du nicht mehr über Schattenumrisse sprächest.«

»Aber ich sah die Gestalt!« ereiferte sich der Junge. »Der Soldat Mohammad sah sie doch auch!«

»Ich habe keinen Zweifel daran«, antwortete Walid al-Salameh, »aber bedenke eines: Wir sind oft genug auf die Suche gegangen, um herauszufinden, was du gesehen hast, und wir haben kein Lebenszeichen finden können. Möglicherweise ist unser Rifakh tot, vielleicht ist er in einen Bach gefallen und ertrunken, oder er hat sich den Kopf an einem Felsen aufgeschlagen. Es kann sein, daß seine Seele uns folgt, weil sie nicht an diesem unfreundlichen Ort bleiben möchte. Das bedeutet aber noch lange nicht, daß wir losgehen und sie finden wollen.«

»Aber...«, wollte der Knabe erwidern.

»Genug!« fuhr Abdallah dazwischen. »Du hast den Wesir gehört, du vorwitziges Bürschchen. Wir wollen jetzt nichts mehr von deinen gottverdammten Geistern hören. Du wirst augenblicklich aufhören, solche Geschichten zu erzählen!«

»Du hast zwar ganz recht, Abdallah«, ließ sich der Wesir scharf vernehmen, »aber ich brauche deine Hilfe in dieser Angelegenheit nicht.« Der Wesir zog sich hierauf zurück.

Ich war fast froh, daß Abdallah sich eingemischt hatte, da die Verbreitung solcher furchterregender Ideen die Ordnung in unserer kleinen Reisegesellschaft gewaltig durcheinanderbringen konnte. Aber ebenso wie dem Wesir hatte mir seine vorlaute Art mißfallen. Ich bin sicher, daß es den anderen ebenso erging, weil über dieses Thema während des ganzen Abends nicht mehr gesprochen wurde.

Allah hat immer das letzte Wort – und wer sind wir, daß wir uns anmaßen können, seine Wege verstehen zu wollen. In dieser Nacht schlugen wir leise ein Lager auf, und die Vorstellung, daß die Seele des armen Rifakh um uns herum geistern könnte, hing drückend über uns.

In dieser Nacht schlief auch ich unruhig und wachte schließlich auf, weil sich das ganze Lager in hellster Aufregung befand.

»Es ist Mohammad!« schluchzte Susri. »Er wurde getötet!«

Es stimmte. Ruad, der Mullah, war als erster am Morgen aufgestanden und hatte entdeckt, daß der Schlafplatz des Soldaten leer war. Danach fand er den Leichnam nur wenige Schritte von unserer Lichtung entfernt.

»Seine Kehle war aufgerissen worden«, stellte Ibn Fahad fest. Es sah aus, als hätte ihn eine wilde Bestie erlegt. Sein Gesicht war so blaß, wie es nie zuvor im Leben gewesen war. Seine Augen waren weit geöffnet, so daß das Weiße des Auges überall sichtbar war. Die Erde um ihn herum zeigte nur wenige Blutstropfen. Neben dem Fluchen der Soldaten und den leise gemurmelten Gebeten des Mullah, dessen Gesicht sich beinahe grün verfärbt hatte, hörte ich noch ein anderes Geräusch. Der armenische Junge, der sich den ganzen Tag zuvor in Schweigen gehüllt hatte, jammerte leise und schaukelte, seine Knie mit den Armen fest umklammert, neben den Überresten unseres Lagerfeuers.

»Vampyr...«, stieß er immer wieder hervor, »...Vampyr, der Vampyr.«

Seine Freundin Sossi hatte sich in den *taylasan*, den ich ihr überlassen hatte, gewickelt. Nur ihre Augen blickten noch aus dem schwarzen Tuch hervor. Sie saß dicht neben Kurken und betrachtete schweigend ihren Liebsten. Nach einer Weile legte sie ihm ihre Hand auf den Rücken, aber in seiner Verzweiflung nahm er keine Notiz von dieser beruhigenden Geste.

Verständlicherweise waren alle Reisegefährten völlig entmutigt und niedergeschlagen. Während wir für Mohammad hastig ein Grab aushoben, warfen die Umstehenden immer wieder rasche Blicke über ihre Schultern in den undurchdringlichen Wald. Sogar Ruad hatte Schwierigkeiten, seine Augen gesenkt zu halten, als er die Worte des heiligen Koran sprach. Ibn Fahad und ich waren übereingekommen, die Geschichte, daß Mohammad einem Wolf oder einer anderen Bestie zum Opfer gefallen war, aufrechtzuerhalten, aber unsere Gefährten hatten sogar Schwierigkeiten, uns vorzutäuschen, daß sie uns glaubten. Nur der Wesir und Abdallah, der Hofschreiber, schienen noch ihre fünf Sinne beieinander zu haben. Abdallah machte kein Geheimnis aus seiner Verachtung für die anderen. Wir brachen hastig unser Lager ab.

Während des ganzen Tages verhielt sich unser Zug schweigsam, was einen auch nicht wundern sollte. Keiner wollte über das ganz Offensichtliche sprechen, und wir alle hatten nicht genug im Magen, um über angenehmere Dinge zu sprechen. Eine schweigende Menschenkette, so zogen wir durch das unheimliche Vorgebirge.

Als sich die nächtlichen Schatten allmählich herniedersenkten, begann der dunkle Schatten uns wieder zu folgen. Er hielt sich in Sichtweite, verschwand manchmal für eine Weile, um dann wieder aufzutauchen. Wäre die Situation nicht derart bedrohlich gewesen, hätte man das Verhalten des Schattens als neckisches Versteckspiel belächeln können. Meine Haut begann sich zu einer Gänsehaut zusammenzuziehen – wie ihr euch sicherlich vorstellen könnt –, obgleich ich versuchte, das zu verbergen.

Wir schlugen ein Lager auf, errichteten einen hohen Feuerhaufen und scharten uns eng darum, um ein verdrießliches, armseliges Mahl einzunehmen. Unsere Vorräte waren so sehr geschrumpft, daß wir nur noch ein wenig altes Brot und eine dünne Suppe für jeden von uns hatten, die kaum noch gewürzt war. Wie es geschrieben steht, gibt ein leerer Magen einen schlechten Gefährten ab, besonders wenn er fortwährend knurrt.

Ibrahim untersuchte die Pflanzen des Waldes und wünschte sich dabei ein wenig bessere Kenntnisse in der Pflanzenwelt. Er war sicher, daß einige von ihnen eßbar sein müßten. Der Bauernjunge gab vor, nichts von solchen Dingen zu verstehen, und als das Mädchen auf eine oder zwei Pflanzen deutete und ihm Erklärungen dazu abgab, weigerte er sich zu übersetzen. Die beiden armenischen jungen Leute verstummten vollständig, bei Einbruch der Finsternis rückten sie so eng zusammen, daß sie untrennbar erschienen.

Ibn Fahad, Abdallah, der Wesir und ich sprachen von unserem Verfolger nur noch als der Bestie. Abdallah könnte sogar wirklich daran geglaubt haben – nicht weil er einfältig war, sondern weil er zu den Menschen gehörte, die nicht glauben können, was sie nicht selbst erfassen können.

Wir wechselten uns bei der Nachtwache ab, während der junge Mullah mit den Männern, die an Schlaf nicht denken wollten, betete. Ihre Worte erhoben sich wie der Rauch des Feuers, keines der Worte schien irgendeine Kraft gegen den Wind dieser kalten, alten Berge zu entwickeln.

Ich ging hinüber zu dem Bauernjungen. Er war, wenn überhaupt noch möglich, verschlossener als an diesem Morgen nach der grausigen Entdeckung. Das Mädchen hielt sich dicht an ihn gedrängt, an seine Schulter gelehnt. Sie hatte ihre Augen auf mich gerichtet, weit geöffnet und wachsam. Ihre Lippen waren zusammengepreßt.

»Dieser ›Vampyr‹, von dem du sprachst...«, fing ich an. »Was tut ihr, um euch vor ihm zu schützen?«

Er schaute zu mir mit einem traurigen Lächeln auf. »Wir verrammeln die Türen.«

Ich blickte zu den anderen Männern herüber – der junge Susri, das »Kitz«, mit zusammengepreßtem Mund und gerunzelten Brauen, Ruad mit geschlossenen Augen und schweißbenetzten Wangen; der Wesir drehte seinen juwelenbesetzten Dolch in seiner Hand hin und her und blickte ihn an, als ob er ihn entweder nicht sähe oder seinen Zweck nicht kenne, Ibrahim ölte den Wetzstein und schärfte sein Krummschwert, wobei er hin und wieder in die Dunkelheit hochblickte, Ibn Fahad erweckte nach außen einen ruhigen Eindruck, aber nur nach außen – dann wandte ich mich wieder dem traurigen Lächeln des Jungen zu.

»Wir haben hier aber keine Türen und Fenster zu verschließen«, wandte ich ein. »Was sonst noch?«

Er tauschte mit Sossi einen kurzen Blick aus, die ihren Kopf schüttelte. »Es gibt ein Kraut, das wir über unsere Türschwellen hängen...«, fuhr er fort und fügte noch ein Wort in der uns unbekannten Sprache hinzu. Dann gab er auf.

»Das hilft uns nicht weiter. Wir haben dieses Kraut nicht, und hier wächst es auch nicht.«

Ich beugte mich vor. Das Gesicht des Jungen befand sich nun mit dem meinen in gleicher Höhe. »Bei allem, was dir heilig ist, Junge, was noch?« Ich war mir inzwischen sicher, daß der uns verfolgende Schatten kein irdisches Wesen war.

Er schaute mich einen Augenblick prüfend an. Sossi raunte ihm etwas zu.

»Ja,...«, murmelte er und drehte verschämt seinen Kopf weg, »...man sagt, daß man auch Geschichten erzählen kann...«

»Was!« brach es aus mir heraus. Ich dachte, ich hätte nicht richtig verstanden.

»So behauptet es jedenfalls mein Großvater. Der Vampyr wird sich die Geschichte, die man erzählt, anhören – sofern es eine gute ist –, und wenn man bis zum Tagesanbruch fortfährt, muß er zum Platz seines Todes zurückkehren.«

Plötzlich hörte ich einen entsetzten Aufschrei. Ich sprang auf und fingerte nach meinem Messer, aber es war nur Ruad, der mit dem Fuß auf ein glühendes Holzstück getreten war. Mit hämmerndem Herzen setzte ich mich wieder hin. »Geschichten?« fragte ich nochmals nach.

»Ich habe das nur nebenbei mitbekommen«, sagte der Junge und suchte nach den richtigen Vokabeln. »Wir versuchen, sie weiter weg von uns zu halten. Sie müssen sehr nahe kommen, um die Geschichten der Menschen belauschen zu können.«

Später, nachdem das Feuer heruntergebrannt war, stellten wir Wachen auf – von jetzt an sollten sie paarweise patrouillieren – und wickelten uns in unsere Decken. Eine Weile lag ich noch wach und dachte über das nach, was der Junge gesagt hatte.

6
Angegriffen

Ein durch Mark und Bein gehendes Geräusch weckte mich auf.

Die Morgendämmerung war noch nicht angebrochen, und diesmal hatte sich niemand an der Glut verbrannt.

Bekir, einer der beiden jungen Soldaten, die zur Wache eingeteilt worden waren, lag auf dem Waldboden, nicht weit vom Feuer und dem Rest unserer Gesellschaft. Blut quoll aus einer großen Wunde an seinem Kopf. Im Lichte der Fackeln bekamen wir den Eindruck, als ob sein Schädel von einem schweren Gegenstand zerquetscht worden war. Sein Schwert lag nahe bei ihm auf der Erde, aber die Schwertspitze war abgebrochen. Achmed, die andere Wache, war fort, aber ich hörte grausige Kampfgeräusche im Unterholz neben dem Lager. Schreie schallten zu uns, die denen eines Tieres glichen, das sich in einer grausamen Falle verfangen hatte. Von Zeit zu Zeit drangen mühsam gegurgelte Worte zu uns herüber.

Wir rückten dicht zusammen und starrten wie erschreckte Kaninchen in die uns umgebende Dunkelheit. Allmählich erstarb das Schreien. Plötzlich sprang Ruad auf, schwerfällig kam er auf die Füße. Ich sah Tränen in seinen Augen. »Wir dürfen unseren Gefährten n-n-nicht so lei-leiden l-lassen!« rief er entsetzt aus und schaute erwartungsvoll in unsere Runde.

Ich denke, daß niemand, außer vielleicht Abdallah, seinem Blick standhalten konnte. Ich jedenfalls konnte es nicht.

»Sei still, du Narr!« fuhr Abdallah ihn an, ohne sich darum zu kümmern, daß er hier einen heiligen Mann vor sich hatte. »Es ist ein wildes Tier. Diese feigen Soldaten hätten sich darum kümmern müssen, nicht aber ein Mann Gottes!«

Fassungslos starrte der junge Mullah ihn einen Augenblick lang an, und dann vollzog sich rasch ein Wechsel seines Gesichtsausdrucks.

Noch befeuchteten Tränen seine Wangen, aber ich sah, daß er die Zähne zusammenbiß und seine Schultern straffte.

»Nein«, erwiderte er entschieden. »Wir können ihn nicht dem Diener des Satans überlassen. Wenn ihr ihm nicht helfen wollt, ich werde es tun.« Er rollte die Schriftrolle auf, die er nervös in seinen Händen hin und her bewegt hatte, und küßte sie. Ein Strahl des kalten Mondlichtes strich über das Papier und ließ die goldenen Buchstaben glühend aufleuchten.

Ich versuchte, ihn am Arm zurückzuhalten, als er an mir vorbeikam, aber er schüttelte mich mit einer erstaunlichen Kraft ab und ging festen Schrittes auf das Gebüsch zu, wo das entsetzte, leidvolle Schreien zu einem gebrochenen Stöhnen erstorben war.

»Komm zurück, du Idiot!« schrie Abdallah ihm noch nach. »Das ist kein Mut, das ist reine Dummheit! Komm zurück!«

Der junge heilige Mullah schaute sich über seine Schulter um und warf Abdallah einen Blick zu, den ich nur schwer beschreiben kann. Dann wandte er sich wieder um und ging weiter auf das Unterholz zu. Hierbei hielt er die Pergamentrolle vor sich, als sei sie eine Kerze, die ihm den Weg durch die dunkle Nacht weisen sollte.

Ibn Fahad sprang auf und zog sein Schwert. Einen Augenblick lang stand er wie erstarrt und blickte auf den sich entfernenden Ruad. Er folgte ihm und sah mich an. Ich konnte seinem Blick nicht begegnen – das zerbrochene Schwert des Wächters, der nächtliche Angriff und das schreckliche, schmatzende Geräusch im Wald hatten mir den Mut genommen. Ibn Fahad war klug genug, dem Mullah nicht alleine zu folgen, auch wenn der Tatendrang Besitz von ihm ergriffen hatte. Er blieb stehen, eine Hand an seinem Schwert und lauschte in die Nacht wie wir auch.

»Es gibt keinen Gott, außer Allah!« hörte ich Ruad beten, als er am Waldesrand ankam und in die Finsternis trat, »und Mohammed ist sein Prophet!« Dann war er verschwunden.

Für eine Weile konnten wir noch den Klang der heiligen Worte des Koran vernehmen, mit schwankender Stimme deklamiert. Wir konnten hören, wie der Mullah seinen Weg durch das Dikkicht nahm. Ich war nicht der einzige, der seinen Atem anhielt.

Dann war ein Knacken zu hören, das Zusammenschlagen von Zweigen, als ob eine große Bestie durch den Wald schlich; der Mullah sprach nicht mehr, er heulte seine Gebete vielmehr. Die Männer waren fassungslos. Noch bevor der letzte Schrei des Mullah verklungen war, ertönte ein anderes Geheule – unerhört laut, der Zorn und die Wut eines mächtigen Tieres, das erschreckt und überrascht wurde, kam darin zum Ausdruck. In diesem Geheule waren Worte zu vernehmen, allerdings nicht in einer Sprache, die ich je zuvor vernommen hatte oder seitdem gehört habe. Dann erscholl ein weiteres Geräusch, und plötzlich waren wir von vollkommener Stille umgeben. Wir entzündeten erneut das Feuer und versammelten uns darum herum bis zum Morgengrauen.

7
Eine Rüstung aus Geschichten

Am nächsten Morgen gingen die anderen, trotz meines Drängens, auf die Suche nach einer Spur des Wächters oder des jungen Geistlichen. Sie fanden sie beide.

Meine Freunde, uns bot sich ein grausiges Bild dar. Ich will es euch schildern.

Beide hingen sie kopfüber von den Ästen eines Baumes. Ihre Hälse waren buchstäblich zerfetzt, und sie waren so weiß wie Kreide: Ihnen war alles Blut ausgesaugt worden. Der armenische Junge und das Mädchen waren entsetzt bei diesem Anblick und schlugen ein Kreuz über Gesicht und Brust. Sie murmelten unverständliche Worte; sollten sie ein Gebet gesprochen haben, so waren sie nicht alleine. An diesem Tod war nichts Reines. Wir schleppten die beiden eiskalten Körper zurück zum Lager und begruben sie kurz darauf zusammen mit dem anderen Wächter, der seine Verwundung ebenfalls nicht überlebt hatte.

Mir war etwas Merkwürdiges aufgefallen: Auf dem Boden, unter dem herabhängenden Kopf des jungen Geistlichen, lagen die Überreste der heiligen Schriftrolle. Sie war zu schwarzer Asche verbrannt und zerfiel bei meiner Berührung.

»Das war also der Schmerzensschrei, den wir hörten«, sagte Ibn Fahad zu mir. »Offensichtlich kann dieses Teufelsbiest verwundet werden.«

»Es kann verletzt werden, aber deswegen hat es trotzdem nicht aufgegeben«, gab ich zu bedenken. »Außerdem haben wir sonst keine weitere heilige Schriftrolle, noch eine geweihte Hand, um sie der Bestie entgegenzuhalten, oder einen Mund, um sie entsprechend vorzutragen.« Ich blickte gereizt zu Abdallah hinüber, der, ohne dazu einen Auftrag erhalten zu haben, Nizam und Ibrahim Befehle erteilte, wie sie das Grab zuschaufeln sollten.

Ich hoffte, daß einer von ihnen dem Wichtigtuer die Meinung sagen würde.

»Richtig«, nahm Ibn Fahad unser Gespräch wieder auf. »Ich habe so meine Zweifel, inwieweit wir mit kaltem Stahl zum Ziel gelangen werden.«

Ich erinnerte mich an Bekirs zerbrochenes Schwert. »Ich denke auch, daß das nutzlos sein wird. Aber es könnte sein, daß ich jetzt einen Weg kenne, wie wir uns retten können. Der armenische Junge hat mir davon erzählt. Ich werde dir während der Mittagsrast darüber berichten.«

»Ich bin schon ganz gespannt«, antwortete Ibn Fahad und lächelte mich kurz an. »Ich bin froh, daß noch ein anderer außer mir denkt und plant. Aber vielleicht solltest du uns deinen Plan erzählen, während wir laufen. Für uns werden die Tagesstunden so kostbar wie Blut. In der Tat, so glaube ich, sollten wir die Beisetzungen etwas abkürzen.«

Wir befanden uns nun in einer ziemlich üblen Lage. Während wir weiterzogen, erklärte ich den übrigen meinen Plan. Sie hörten schweigend zu, niedergeschlagen, wie Menschen, die zum Tode verurteilt sind – eine durchaus verständliche Haltung, um der Wahrheit die Ehre zu geben.

»Es ist eben eine riskante Angelegenheit«, erklärte ich ihnen. »Wenn Kurkens Idee mit dem Geschichtenerzählen funktioniert, müssen wir von jetzt an die Kunst des Phantasierens neu erfinden. Bei Tag müssen wir Pausen zum Schlafen einlegen. Daher ist von jetzt an jeder Augenblick, an dem wir weiterziehen können, kostbar – wir müssen die Geschwindigkeit erhöhen, wenn wir nicht in diesen verdammten, verwunschenen Bergen sterben wollen. Während ihr jetzt lauft, müßt ihr euch schon Geschichten überlegen. Nach dem, was der Junge sagt, müssen wir mindestens noch vierzehn Tage oder sogar noch länger weiterziehen, um dieses Gebiet hinter uns lassen zu können. Uns wird der Stoff für Geschichten schnell ausgehen, wenn ihr nicht tief in euren Erinnerungen nachsucht.«

Ein allgemeines Gemurmel kündete von dem Mißfallen der Gefährten, aber niemand konnte sich aufraffen, energisch gegen diesen Plan zu protestieren.

»Seid ruhig, wenn ihr keine bessere Idee habt«, ließ sich Ibn Fahad vernehmen. »Masrur hat recht. Auch wenn er sich, wie ich annehme, zum ersten Mal in seinem Leben in dieser Lage befindet.« Er grinste mich schelmisch an, und einer der Soldaten kicherte. Es war fast wie eine Erlösung, einmal wieder ein solches Geräusch zu hören.

Wir legten nur eine kurze Mittagsrast ein, aber die meisten von uns hatten so wenigstens die Gelegenheit, für eine Stunde zu ruhen. Dann gingen wir weiter, bis das Dunkel einbrach.

Wir waren am Fuß einer langen, dicht bewaldeten Schlucht angelangt. Ohne Zögern errichteten wir einen hohen Feuerhaufen, um die Dunkelheit aus dem Tal fernzuhalten. Feuer ist wirklich ein guter Freund!

Bevor die Dunkelheit vollständig in der Schlucht Einzug hielt, sammelten wir alle – auch das Mädchen – so viel Holz wie nur möglich. Diese Nacht würden wir das Feuer nicht bis zur glühenden Holzkohle niederbrennen lassen. Auch wenn der Feuerschein die Wächter in der vergangenen Nacht nicht geschützt hatte, gab uns das Feuer dennoch ein Gefühl von Sicherheit: Man kann nicht gegen etwas kämpfen, das man nicht sehen kann.

Ibn Fahad erlegte eine Hirschkuh. Als er sie ins Lager schleifte, um sie Ibrahim zur Zubereitung zu überlassen, bemerkten wir alle, wie unser Mut und unsere Hoffnung wieder ein wenig zunahmen. Harte Zeiten sind eben immer leichter zu ertragen, wenn der Wanst voll ist. Um das Feuer gelagert, brieten wir Streifen des Wildbrets an den Enden von grünen Stecken. Ibrahim teilte uns ein wenig von dem kostbaren Salz aus. Wir ließen den Wasserschlauch umgehen und wünschten uns, daß er etwas anderes enthielte als nur klares Wasser.

»Nun denn«, hob ich an, »ich werde beginnen, da ich zu Hause sehr oft gebeten wurde, Geschichten zu erzählen. Daher ist mein Vorrat beinahe unerschöpflich. Einige von euch können schlafen, aber nicht alle, es sollte immer zwei oder drei aufmerksame Zuhörer geben, falls der Erzähler übertreibt oder etwas vergißt. Wir können noch nicht wissen, ob dies die Kreatur tatsächlich bannt, aber wir sollten diese Möglichkeit nicht unversucht lassen.«

Also begann ich, das Märchen von den »Vier klugen Brüdern« zu erzählen. Es war noch früh, und niemand konnte jetzt bereits Schlaf finden. Alle hörten aufmerksam zu, wie ich die Geschichte ausspann, indem ich hier Einzelheiten einfügte und dort eine Beschreibung ausdehnte. Als ich die Stelle erreichte, an der die vier Brüder von der Frau des Dschinns in der Zauberhöhle bewirtet wurden, bevor ihr Ehemann zurückkam, beschrieb ich ausführlich und liebevoll den Geschmack und den Duft der Gewürze wie Kardamom, Safran, Anis, Zimt, Knoblauch und schwarzem wie auch rotem Pfeffer. Ich beschrieb den Gefährten die Genüsse, die den Brüdern durch geklärte Büffelbutter und Ziegenfleisch bereitet wurden. Ich ließ sie Anteil haben an den vielfältigen Geschmacksrichtungen des Zuckerwerks, den himmlischen Düften des Weihrauchs und der geheimnisvollen Bitterkeit des starken Kaffees, der das Mahl beendete – all die angenehmen Wohltaten der Zivilisation –, bis Ibn Fahad mir in die Rippen stieß und mir zuflüsterte, daß ich nicht sehr viel zur Aufrechterhaltung der Moral in unserer Reisegruppe mit der Beschreibung unerreichbarer Genüsse beitrage.

Nebenbei möchte ich mich mit dir über diesen Punkt unterhalten, Ibn Fahad, alter Freund, auch wenn diese Ereignisse nun schon so lange zurückliegen. Ihr seht, daß ich diese Details so liebevoll ausgeführt habe. Ich verfolgte damit zwei Ziele: Das erste war natürlich, die Geschichte so weit wie möglich zu verlängern, da ich ahnte, daß wir über kurz oder lang einen Mangel an Geschichten haben würden.

Aber es gab auch noch einen anderen Grund. Meiner Meinung nach denken Menschen, wenn sie sich Dinge vorstellen, die ihre Zungen nicht schmecken und ihre Nasen nicht riechen können, nicht so sehr an den Schrecken, der im Wald auf sie wartet. Eine wirklich gute Geschichte kann uns jedem Unbehagen entziehen.

Seht doch nur, sogar jetzt, während ihr mir zuhört, habt ihr eure kleinen Sorgen vergessen oder etwa nicht? Bei Allah, meine Zunge ist vom vielen Erzählen ganz ausgetrocknet! Warum ist Baba noch nicht mit dem Wein zurückgekehrt? Hast du einen Wachtposten vor deinen Keller gesetzt, Abu Jamir? Ich warne dich, das wird nicht ausreichen, um Baba abzuschrecken. Schon oft habe ich ihm unlösbare Aufgaben gestellt, und auch wenn er sie nicht sofort ausführte, im Laufe der Zeit erledigte er sie zu meiner vollsten Zufriedenheit.

Aber jetzt habe ich meinen Faden verloren... Ah, die Moral. Ja, Ibn Fahad, obwohl ich dir nicht zustimmte, setzte ich die Geschichte fort und ließ auf dein Drängen die Beschreibung der vielfältigen Vergnügen aus, an denen sich die vier Brüder erfreuen durften.

Als ich schließlich zum Ende kam, tobte der Applaus, und ich begann sofort das Märchen von dem Teppichhändler Salim und seiner undankbaren Frau. Das war vielleicht keine gute Wahl, da die Geschichte von einem listenreichen Dschinn und dem Tod handelt. Nichtsdestotrotz erzählte ich sie bis zum Ende und erzählte noch zwei weitere.

Als ich die vierte Geschichte beendet hatte, ein Märchen von einem tapferen Jüngling, der eine Höhle voller Juwelen fand und vierzig Räuber überwältigte, erblickte ich eine merkwürdige Gestalt.

Das Feuer war ein wenig niedergebrannt, und als ich über die Flammen hinweg in die Ferne sah, bemerkte ich eine Bewegung im Wald. Der Wesir Walid saß mir direkt gegenüber, und hinter seinem einst so prächtigen Gewand verbarg sich ein dunkler Umriß. Er kam nicht näher als bis zum Waldrand, darum bemüht, sich aus dem Lichtkreis des Feuers fernzuhalten. Einen Augenblick lang verlor ich meine Stimme, dann stotterte ich, nahm aber rasch den Faden meiner Geschichte wieder auf und beendete sie. Ich bin sicher, daß keiner etwas bemerkt hatte.

Ich bat um den Wasserbeutel und drängte Walid al-Salameh, fortzufahren. Zuerst erzählte er die Geschichte über die Rivalität zweier reicher Geschlechter in seiner Geburtsstadt Isfahan.

Ein oder zwei Reisegefährten wickelten sich fest in ihre Decken ein und legten sich nieder, um zuzuhören und die Sterne zu beobachten.

Ich zog meine Kapuze tief in die Stirn, um meine Blicke zu verbergen und versuchte, etwas hinter Walids Schultern auszumachen. Der dunkle Schatten hatte sich ein wenig genähert, da das Lagerfeuer nur noch glühte.

Er hatte menschliche Umrisse, soweit ich sehen konnte, da er sich eng an einen Baumstamm am Ende der Lichtung hielt. Sein Gesicht war von Dunkelheit umhüllt. Zwei Augen, die wie Kohlen glühten, warfen unbewegt den Feuerschein zurück. Er schien in Decken gehüllt zu sein, aber das war möglicherweise eine Täuschung durch die sich bewegenden Schatten.

Einen Steinwurf entfernt und vollständig in die Dunkelheit eingetaucht, hörte er zu.

Langsam schaute ich mich in unserem Kreis um. Die meisten Augen waren auf den Wesir gerichtet, auch die von Kurken und Sossi, die nicht viel von dem, was er erzählte, verstanden haben konnten. Das »Kitz« Susri hatte sich schon zum Schlafen gelegt, und Abdallah betrachtete den jungen Mann ausgiebig, wobei er Walids Worten keine Aufmerksamkeit zu schenken schien. Ibn

Fahad hingegen starrte auch in die Dunkelheit. Ich nehme an, daß er meinen unruhigen Blick aufgefangen hatte. Er wandte sich zu mir und bemerkte leise, daß er ihn auch gesehen hatte.

Bis zum Morgengrauen reihte sich eine Geschichte an die andere, und der Reihe nach kamen die Männer zum Schlafen. Die meisten Geschichten hatten sie als Kinder gehört, und meist ging es um Abenteuer, die sich in vergangenen Zeiten zugetragen hatten.

Ibn Fahad und ich erwähnten nichts von dem Schatten, den wir wahrgenommen hatten. Irgendwann verschwand er in der Stunde vor Morgengrauen.

Es war eine schläfrige Gruppe, die am nächsten Morgen ihren Weg fortsetzte, aber immerhin hatten wir alle diese Nacht überlebt. Alleine dies versetzte die Männer in eine bessere Stimmung, und wir kamen gut voran.

Am folgenden Abend saßen wir wieder um ein Feuer herum. Ich erzählte das Märchen vom Gazellenkönig und dann die Geschichte vom verzauberten Pfau, der die Erzählung von dem kleinen Mann ohne Namen folgte. Jede Geschichte wurde länger und komplizierter als die vorangegangene. Jedermann, außer Abdallah, trug etwas zu unserer »Abendunterhaltung« bei. Er behauptete, niemals seine Zeit mit so etwas Törichtem wie dem Erlernen von Geschichten vergeudet zu haben. Wir wollten ihn nicht dazu zwingen, da wir unseren Selbstschutz nicht in unwillige Hände legen wollten.

Der armenische Junge, unser Führer, saß den ganzen Abend still und hörte den Männern zu, die ihre Geschichten erdachten. Tag für Tag meisterte er die Schwierigkeit, Geschichten, die in einer für ihn fremden Sprache erzählt wurden, besser zu verstehen, da er und der Wesir sich während des ganzen Tagesmarsches unterhielten. Sossi hatte begonnen, Ibrahim beim Kochen und bei anderen Verrichtungen zu helfen, und dabei lernte sie auch ein paar Brocken von unserer Sprache. Jetzt schmiegte sie sich an Kurken an, und gelegentlich flüsterten sie miteinander. Im Laufe der Nacht schlief das Mädchen ein, während ihr Liebster wach blieb und mit den anderen den Geschichten lauschte.

Als sich der Mond über den Baumwipfeln erhob, kehrte der Schatten zurück und blieb schweigend am Rande der Lichtung stehen. Ich bemerkte, wie der Bauernjunge aufsah. Ich bin sicher, daß er ihn sah, aber er hielt, ebenso wie Ibn Fahad und ich, seinen Mund.

Der nächste Tag brachte uns dann das Unheil.

8
Der Tod als Begleiter

Als wir am folgenden Morgen aufbrachen, waren wir froh, daß wir nicht weniger als am Abend zuvor geworden waren. Ibrahim und Kurken nahmen unsere Wassersäcke mit hinunter zu einem Gebirgsbach. Hierfür mußten sie über Felsen herunterklettern. Ich hatte mit Nizam am Abend zuvor diese Aufgabe ausgeführt, und ich beneidete sie wirklich nicht. Besonders der Aufstieg mit den gefüllten Wassersäcken war sehr schwierig.

Wir hatten unsere Ausrüstung noch nicht vollständig zusammengepackt, als wir einen Schrei hörten und kurz darauf einen dumpfen Aufschlag. Ibn Fahad und ich stürzten zu dem Abhang und blickten hinab. Ibrahim lag am Fuße des Abhangs, und der armenische Junge kniete neben ihm. Einer der Wasserbeutel war geplatzt, und das Wasser war auf die Felsen um den Anatolier herum gespritzt. Einen Augenblick lang hatte ich das unbestimmte Gefühl, daß der armenische Junge das Unglück inszeniert haben könnte, obgleich ich mir keinen Grund vorstellen konnte, warum er das getan haben sollte in Anbetracht der Schwierigkeiten, mit denen wir sowieso schon zu kämpfen hatten. Ich stieß einen Schrei aus, und der Junge blickte zu mir auf.

»Er stürzte ab«, stellte Ibn Fahad fest, »und stieß mit seinem Kopf auf die Felsen. Er atmet aber noch.«

Ibn Fahad rannte zum Lager zurück. Blitzschnell war er mit einem Seil zurück. Zum zweiten Mal innerhalb von zwei Tagen stand mir der gefährliche Abstieg bevor. Der Wesir und die beiden uns noch verbliebenen Soldaten Nizam und Hamed sowie Susri, das »Kitz«, der mit Ibn Fahad vom Lager mitgekommen war, standen am Rande des Felsens, um nötigenfalls zu helfen. Der armenische Junge und ich knoteten aus einem Ende des Seils ein Geschirr, das wir um Ibrahims Körper legten. Die Männer oben zogen an, und wir kletterten hinterher, um dafür Sorge zu tragen, daß der Anatolier bei seiner Rettung nicht noch einmal verletzt wurde. Er wurde sodann in das Lager gebracht.

Ibn Fahad schlug vor, daß irgend jemand unsere drei anderen Wasserbeutel holen sollte, da wir sie jetzt mehr denn je benötigten. Ich wagte den höllischen Abstieg zum dritten Mal, allerdings nicht, ohne meinen Mißmut kundzutun. Diesmal stand der Junge oben auf dem Felsen, ließ das Seil herunter, und ich befestigte die Wasserbeutel daran. Indem er zog und ich darauf achtete, daß sich die Beutel nicht an überhängenden Felsen verfingen, bewältigten wir unsere Aufgabe leichter, als wir angenommen hatten. Dabei schlug ich mir gegen die Stirn, daß wir diese Methode nicht schon vorher angewandt hatten.

Als wir wieder im Lager ankamen, kniete das armenische Mädchen neben dem Türken. Sie hatte ihre Hand auf seinen Hals gelegt, um seinen Puls zu fühlen. Sie sagte etwas zu Kurken, der mit seinem Wasserbeutel zu ihr kam und etwas Wasser auf ein Taschentuch goß, das sie aus ihrer Tasche gezogen hatte. Sie benetzte das Gesicht des Türken mit Wasser. Dann blickte sie zu uns auf, wie wir in einem engen Kreis um sie herumstanden und sie beobachteten. Ich schaute mich ebenfalls um. Der Wesir sah unbehaglich und beunruhigt aus, das »Kitz« machte einen betroffenen Eindruck. Ibn Fahad ging mit sich zu Rate, sogar die Enden seines Schnurrbartes hielten still. Nizam und Hamed runzelten sorgenvoll die Stirn. Der armenische Junge biß auf seine Unterlippe. Und Abdallah? Abdallah machte ein saures Gesicht und rümpfte die Nase, als ob er verdorbenes Fleisch riechen müßte.

»Vielleicht sollten wir ihn zurücklassen, die Kreatur wird sich heute nacht einen Festschmaus aus ihm machen und uns in Ruhe weiterziehen lassen«, schlug er vor.

»Halt den Mund«, knurrte ich ihn an. Ich hatte das Gefühl, als müßte ich mich übergeben. So schrecklich dieser Vorschlag auch war, was mir am meisten zu schaffen machte, war, daß er eine solche Lösung auch nur für einen Augenblick in Erwägung gezogen hatte.

Das Mädchen sprach. Der Wesir übersetzte uns ihre Frage, ob sich einer von uns auf dem Gebiet der Medizin auskenne.

Dankbar für diese Ablenkung, die uns von dem Ungeheuerlichen fortführte, brachten wir alle laut und ohne Unterlaß unsere Unkenntnis auf diesem Gebiet zum Ausdruck.

»Bin ich ein Christ oder ein Jude?« fragte Hamed beleidigt.

»Ich kenne mich ein wenig in dem primitiven Verarzten von Kriegswunden aus«, ließ Ibn Fahad sich vernehmen. »Ich weiß genug, um eine Wunde zu verbinden. Wo hat er seinen Kopf angeschlagen?« Er kniete sich neben den Anatolier und hob vorsichtig dessen Kopf an, um unter Ibrahims Turban nachzufühlen. »Bei Allah, hier ist eine Beule, die so groß ist wie ein Hühnerei!« Er faßte die Hand des Mädchens und führte sie an die Verletzung an der rechten Seite von Ibrahims Kopf. Sie blickte ihn erschrocken an, als sie die Schwellung fühlte. Dann sprach sie abermals.

»Sie kennt einige einfache Heilmittel«, übersetzte Walid. »Sie kann einen Umschlag für die Beule fertigen, und hier wächst eine Pflanze, die Bewußtlose wieder aufwecken kann.«

Das Mädchen stand auf, ging zum Waldrand und verschwand zwischen den Bäumen. Nach einiger Zeit kehrte sie mit etwas Grünzeug zurück, das sie in ihren Händen hielt. Ibrahim zeigte Lebenszeichen, sein Körper zuckte, und sein Kopf rollte ein wenig hin und her. Ibn Fahad hatte einen Streifen aus seiner Schärpe herausgerissen und ihn zusammen mit einem Stück des Saumes seines Obergewandes im Wasser ausgewaschen. Das »Kitz« kühlte noch immer die Stirn des Sklaven.

»Entschuldigung«, bat sie, um sich den Weg frei zu machen. Das war das erste arabische Wort, das ich aus ihrem Mund hörte. Sanft schob sie Susri zur Seite. Sie nahm die Stoffstreifen, die Ibn

Fahad ihr hinhielt. Einige Kräuter wickelte sie in den Saum und zerstieß sie zwischen zwei Steinen. Dieses Päckchen tränkte sie dann anschließend in Wasser und befestigte es mit der Hilfe von Ibn Fahads Schärpenstreifen genau an der Schwellung von Ibrahims Kopf. Die übrigen Kräuter hielt sie zermahlen unter Ibrahims Nase. Ihr beißender Geruch stieg mit dem aufsteigenden Morgennebel hoch und ließ mich niesen.

Ich war nicht der einzige, der auf diese Weise reagierte. Auch Ibrahim nieste, versuchte sich aufzurichten, aber ein Schwächeanfall überfiel ihn, und er sank zurück. Er konnte sich nur auf einen Arm stützen, sein linker Arm lag unbewegt neben ihm.

»Onkel«, sprach das armenische Mädchen auf ihn ein. Sie ließ die Kräuter fallen und umschloß Ibrahims rechte Hand. »Onkel?« Der Sklave schloß seine Augen und blieb eine Weile lang ruhig liegen. Mit seiner großen Pranke drückte er schwach die zarte Hand des Mädchens.

Stöhnend versuchte er erneut, sich aufzurichten, aber sein linker Arm blieb wie tot neben ihm liegen. Als er wieder die Augen aufschlug, waren sie tränenfeucht und voller Furcht.

Später am Tag holte das Schicksal zu einem zweiten Schlag aus. Beim ersten Mal hatte es wohl noch nicht richtig, seinen Vorstellungen gemäß, getroffen.

Ibrahim konnte seinen linken Arm nicht mehr gebrauchen, und er konnte nur noch über ein steifes linkes Bein gebieten. Susri hatte ihm einen Ast abgeschnitten, die kleinen Zweige entfernt und ihm so einen Stock verschafft, auf den er sich stützen konnte. Mit diesem dritten Bein konnte sich Ibrahim einigermaßen sicher auf dem glitschigen Lehmboden fortbewegen. Sossi stützte ihn auf der linken Seite. Sie hatte sich den verletzten Arm um die Schultern gelegt und konnte ihm auf diese Weise ausgezeichnet helfen. Zum ersten Mal schien es mir angezeigt, Allah dafür zu danken, daß er Ibrahim als schmalen Hänfling geschaffen hatte, der so wenig wog. Es war daher nicht so schwierig, ihm über unwegsame Passagen zu helfen, wie das bei mir oder einem der anderen Soldaten gewesen wäre. Obwohl wir ihm abwechselnd halfen, kamen wir nur sehr langsam voran. Wir verließen das Tal und kletterten schräg eine steil abfallende Schlucht hinauf. Die dichten Bergnebel hatten die Felsen schmierig und die Erde matschig werden lassen, so daß wir alle sehr vorsichtig Schritt vor Schritt setzen mußten.

Der alte Hamed hatte bereits während des ganzen Tages Schwierigkeiten beim Laufen gehabt. Gelenkschmerzen machten ihm zu schaffen, die natürlich durch die kalten Nächte im Freien nicht gebessert wurden.

Wir legten eine Rast ein und wollten uns unter einem aus der Felswand hervorstehenden Felsbrocken im Trockenen ausruhen. Hamed war uns als letzter nachgehumpelt und hatte uns fast erreicht, als er ausglitt. Schwer fiel er zur Seite und schlitterte auf dem rutschigen Untergrund ein ganzes Stück den Abhang hinunter.

Ibn Fahad sprang auf, um ein Seil zu suchen. Bevor er es jedoch finden konnte, kletterte Nizam den Abhang hinunter, um seinem Kameraden zu helfen.

Er konnte Hameds Umhang fassen und drehte sich gerade um, um sich an Ibn Fahads Seil hochzuziehen, als Hameds Bein unter ihm zuckte und er nach hinten fiel. Nizam verlor sein Gleichgewicht, stürzte ebenfalls und rollte zusammen mit Hamed, den er noch immer am Umhang festhielt, hangabwärts. Noch bevor einer von uns auch nur einen Schrei ausstoßen konnte, rollten die beiden über einen Felsvorsprung. Sie waren ebenso verschwunden wie ein Weinkrug, der von der Tischplatte heruntergerollt war. Ein solcher Sturz hatte sie ganz bestimmt getötet.

Natürlich konnten wir die Leichen nicht finden...

Wir konnten sogar nicht einmal in die Schlucht hinunterklettern, um nachzusehen.

Ibn Fahads Bemerkung über Totenfeiern hatte eine schreckliche und ironische Bedeutung erlangt. Unsere Reisegruppe bestand nun lediglich noch aus acht Personen: Ibn Fahad, der Wesir Walid, Abdallah, Ibrahim, die beiden armenischen Kinder, das junge »Rehkitz« und ich.

Ich habe keinen Zweifel daran, daß jeder einzelne sich darüber Gedanken machte, wen von uns als nächsten der Tod in dieser gottverlassenen Gegend treffen würde.

9
Eine Einladung

Bei Allah, dem Allmächtigen, ich war meine Stimme noch nie derart leid geworden wie nach weiteren neun Nächten, in denen ich meine Geschichten erzählte. Ich weiß, daß Ibn Fahad einwerfen würde, daß ich mir wohl niemals Gedanken darüber gemacht hätte, wie sehr jedermann den Klang meiner Stimme satt hatte – habe ich nicht recht, alter Freund? Ich hatte wirklich die Nase voll, ich hatte genug davon, die ganze Nacht über zu sprechen, mein Gehirn auf der Suche nach neuen Geschichten zu martern, den rauhen Stimmen Walids, Ibn Fahads und der des »Rehkitzes« zuzuhören und dann auch noch die Klagen Ibrahims anzuhören, der neben seinen körperlichen Schmerzen nun auch noch unter dem Gefühl litt, daß er nutzlos geworden war, da er seine Arbeit, die ihm Freude gemacht hatte, im Augenblick nicht verrichten konnte.

Die einzige Neuerung war, sofern man überhaupt von einer Neuerung sprechen konnte, wenn Sossi sprach, was aber nur sehr selten vorkam. Sie hatte eine sanfte und angenehme Stimme. Kurken übersetzte das, was sie sagte, stammelnd ins Arabische. Obgleich er nach und nach unsere Sprache mit Walids Hilfe erlernte und er nächtelang unseren Erzählungen lauschte, schien er keine Vorstellungskraft zu haben, um eigene Geschichten zu erfinden. Andererseits befanden wir uns in einer Situation, in der auch Geschichten anderer Völker bald ihren Reiz verloren hätten. Mich machte die drückende Atmosphäre, die von den Bergen ausging, beinahe krank. Man kann sich kaum vorstellen, welche Stimmung von den ewig grauen Wolken bei uns hervorgerufen wurde. Tagsüber war es kaum heller als bei Nacht. Aber natürlich hätte ich gerne ein Jahr in dieser Monotonie verweilt, wenn ich danach unbeschadet diese Berge hätte hinter mir lassen können und diesem Ding, das uns verfolgte, hätte entkommen können. Es war nur noch eine Frage der Zeit, wie lange wir das Biest mit unseren Geschichten noch bannen konnten. Über kurz oder lang hätten unsere Stimmen versagt oder unser Mut wäre gesunken. Der Vorrat an Geschichten war sowieso schon ausgeschöpft und verbraucht.

Wir stolperten wie Schlafwandler durch die Tage, eingeschlossen in Alpträume, und im nachhinein erscheint es mir wie ein Wunder, daß nicht mehr von uns in Schluchten stürzten wie die beiden beklagenswerten Soldaten. Ich erinnere mich, daß ich zu erschöpft war, um auf meinen Weg zu achten, und heutzutage kann ich nur annehmen, daß Allah mich auf diesen gefährlichen Pfaden beschützte, um mein Leben noch für einen anderen Zweck zu bewahren – Ibn Fahad müßte jetzt einwenden, daß die Weisen noch immer daran rätseln, welchen Zweck Allah wohl im Sinn gehabt haben soll.

Alle waren sich inzwischen des Schattens bewußt, der nachts außerhalb des Feuerscheins unseres Lagerfeuers stand, geduldig abwartete und zuhörte. Das junge »Rehkitz« besonders konnte kaum seine Geschichten bis zum Ende erzählen, so sehr zitterte seine Stimme. Auch wenn er lustige Geschichten erzählte, kamen manchmal Tote darin vor. Hier wurde er dann jedesmal unterbrochen, und ein anderer fuhr fort, die Geschichte weiterzuerzählen und sie von dem unerfreulichen Thema fortzuführen.

Abdallah wirkte mit der Zeit immer kälter und distanzierter auf uns, langsam erstarrte er wie ausgelassenes Fett. Das Ding, das uns folgte, uns jagte, hatte keine Achtung vor seinem Zynismus oder seinen mathematischen Fähigkeiten, und es wurde auch nicht von der Geringschätzung beeindruckt, die er für den Verfolger aufbrachte. Dieser alte Kauz versuchte nicht einmal, unsere Nächte mit einer Geschichte zu verkürzen, sondern er setzte sich abseits von uns oder ging sogar fort. Trotz der Gefahr, die uns alle betraf, mied er unsere Gesellschaft so weit wie möglich. Ich bemerkte allerdings, daß Abdallah sein Verhalten änderte, wenn das »Rehkitz« mit einer Erzählung begann. Er konzentrierte dann seine ganze Aufmerksamkeit auf den Jungen und ließ ihn keinen Augenblick aus den Augen. Von den Aufgaben, die auf jeden von uns entfielen, übernahm er nur wenige. Er lehnte es sogar ab, wenn er an der Reihe war, dem armen Ibrahim zu helfen.

In der zehnten Nacht nach dem Absturz von Nizam und Hamed gingen uns die Geschichten aus. Aufgrund all dieser Umstände waren wir völlig niedergeschlagen, und wir entwickelten uns beinahe zu einem Schattenwesen wie dem, das uns verfolgte.

In der zweiten Nachthälfte, während der dunkelsten Stunden, verbreitete sich Walid al-Salameh gerade über eine unwichtige Intrige, die vor langer Zeit den Hof des Kaisers Darius von Persien beschäftigt hatte. Ibn Fahad beugte sich zu mir herüber und senkte seine Stimme, so daß niemand außer mir ihn verstehen konnte.

»Ist es nicht merkwürdig«, flüsterte er mir zu, »daß unser Gast heute nacht noch nicht erschienen ist?«

»Das ist mir nicht entgangen«, entgegnete ich. »Ich kann mir nicht vorstellen, daß das etwas Gutes bedeutet. Wenn wir diese Kreatur an unseren Geschichten nicht mehr interessieren können, wie lange wird es wohl dauern, bis seine Gedanken sich wieder den anderen Zwecken zuwenden, zu denen wir ihm gut sind?« Ich blickte zu den beiden Armeniern hinüber, die einander in den Armen lagen, tief in den Schlaf versunken, und zu Ibrahim, der in unbequemer Stellung dasaß. Sein linker Arm war in einer Schlinge hochgebunden worden, die aus dem Ersatzturban von irgendeinem von uns hergestellt worden war. Er war nach vorn gebeugt und hing an den Lippen des Wesirs.

»Ich fürchte, da ist etwas dran«, gab er mir zur Antwort. Heiser und gequält lachte er kurz auf. »Wir müssen noch mindestens drei oder vier Tage weiterziehen, bis wir dieses Gebiet hinter uns lassen können, wenn nicht vorher ein weiterer unerwarteter Schicksalsschlag dazwischenkommt. Wenn wir erst einmal das Flachland erreicht haben werden, können wir hoffen, daß das Biest von uns abläßt.«

»Ibn Fahad«, warnte ich ihn, da ich das eingesunkene, blasse Gesicht von Susri bemerkt hatte. »Ich fürchte, daß wir so weit überhaupt erst nicht gelangen werden...« Als ob er meine Befürchtungen bestärken wollte, unterbrach Walid in diesem Moment seine Geschichte, da er von einem Hustenanfall geschüttelt wurde. Ich gab ihm einen Schluck Wasser aus dem Wasserbeutel. Als er geschluckt hatte, blieb er stumm. Wie ein Verdammter blickte er düster in den Wald hinein.

»Mein guter Wesir«, sprach ich ihn freundlich an, »möchtest du nicht fortfahren?«

Er blieb stumm. Schnell begann ich, an seiner Stelle aus Bruchstücken seiner Geschichte, der ich keine Aufmerksamkeit geschenkt hatte, eine neue zu ersinnen. Walid ließ sich zurücksinken, völlig erschöpft, und atmete schwer. Abdallah schnalzte angewidert mit der Zunge. Wenn ich nicht so darauf bedacht gewesen wäre, den Gang der Geschichte fortzuspinnen, wäre ich aufgestanden und hätte ihm einen Hieb versetzt. Als ich mich dann doch in die politischen Intrigen hineingedacht hatte und so das Interesse meiner Zuhörer wieder gewonnen hatte, wurden wir allesamt von einem entsetzlichen Schauer, wie einem eiskalten Wind, gepackt.

Erneut erschien der Schatten am Rande der Lichtung.

Der Vampyr war zu uns zurückgekehrt.

Walid jammerte und setzte sich sogleich auf, um dem schützenden Feuer möglichst nahe zu sein. Für einen Augenblick verlor ich den Faden der Geschichte, doch dann fuhr ich fort.

Die glühenden Augen behielten uns unverwandt im Blick. Der Schatten bewegte sich einen Moment lang in der Art hin und her, als ob er große Flügel zusammenfalten müßte.

Plötzlich sprang Susri auf und schwankte unsicher hin und her. Ich konnte mich überhaupt nicht mehr auf meine Geschichte konzentrieren, sondern starrte ihn nur noch mit Verwunderung an.

»Kreatur!« rief er in die Dunkelheit hinein. »Du Ausgeburt der Hölle! Warum quälst du uns auf diese Art und Weise? Warum, warum, warum?«

Ibn Fahad streckte seinen Arm aus, um den Jungen wieder herunterzuziehen, aber der junge Mann tänzelte davon wie ein scheuendes Pferd. Sein Mund stand offen, und seine Augen blickten starr aus ihren dunkel geränderten Höhlen.

»Du riesiges Biest!« fuhr er in seinem Geschrei fort. »Warum spielst du mit uns wie mit Spielzeug? Warum tötest du mich nicht einfach, töte uns, töte uns alle und befreie uns von dieser schrecklichen, unerträglichen...«

Hierbei trat er nach vorn, weg vom Feuer und ging auf das Ding zu, das am Waldesrand lauerte.

10
Eine neue Stimme

»Mach dem allen ein Ende!« rief der Junge und fiel nur wenige Schritte vor den rotglühenden Augen auf die Knie und begann, wie ein Kind zu schluchzen.

»Du dummer Junge, komm sofort zurück!« schrie ich ihn an.

Bevor ich noch aufstehen konnte, um ihn zurückzuholen – das hätte ich wirklich getan, ich schwöre bei Allahs Namen –, erhob sich ein lautes, rauschendes Geräusch, und der schwarze Schatten war verschwunden, ausgelöscht waren die glühenden Augen.

Als wir dann den am ganzen Leibe zitternden Jungen zum Lagerfeuer zurückholten, raschelte etwas zwischen den Bäumen. Auf der entgegengesetzten Seite des Feuers ächzte plötzlich ein Ast unter dem Gewicht einer fremdartigen, neuen Frucht – einem großen schwarzen Ding mit rot leuchtenden Augen. Es gab gräßliche Geräusche von sich.

In unserem Schrecken brauchten wir einige Augenblicke, um zu erkennen, daß es sich bei diesem dumpfen, rasselnden Geräusch um Sprache handelte, und die Worte waren arabisch!

»Ihr... wart... es...«, sprach es, »die... es... sich ausgewählt haben, das Spiel auf diese Weise zu spielen...«

Obwohl das unglaublich klingt, könnte ich schwören, daß das Ding niemals zuvor unsere Sprache gesprochen hatte, sie sogar noch nicht einmal vernommen hatte, bis wir orientierungslos durch seine Berge zogen. Irgend etwas in seiner ungeschickten Grammatik und seinem häufigen Zögern ließ mich annehmen, daß es unsere Sprache in den Nächten vom Zuhören gelernt hatte.

»Du Dämon!« schrie Abdallah. »Zu welcher Art Kreatur gehörst du?«

»Du weißt... sehr gut, zu welcher Art... ich gehöre, Mann. Möglicherweise weiß keiner von euch, wie oder warum... aber ihr wißt wenigstens, was ich bin.«

»Warum? Warum quälst du uns so sehr?« rief Susri, das »Kitz«, der sich in Ibn Fahads fester Umklammerung wand.

»Warum tötet die... Schlange... ein Kaninchen? Die Schlange... haßt nicht. Sie tötet, um zu überleben, so wie ich es auch tue und wie ihr es tut.«

Abdallah trat einen Schritt nach vorn. »Wir metzeln unsere Gefährten aber nicht in solch schrecklicher Weise nieder, du Auswurf des Teufels!«

»S-s-schreiberling!« fauchte ihn der schwarze Schatten an und sprang von dem Baum. »H-h-halte dein dummes Mundwerk verschlossen! Du treibst mich zu weit!« Er bewegte sich hin und her, wie von einer inneren Unruhe getrieben. »Der Fluch des Menschengeschlechts! Sogar in deiner jetzigen Situation forderst du mich mehr heraus, als es dir guttut, du aufgeblasenes... Insekt! Genug jetzt!«

Der Vampyr zögerte, sprang dann aber wieder nach oben in eine schattenverhüllte Baumkrone. Die abgeschüttelten Blätter begleiteten seinen Weg durch die Wipfel. Ich griff nach meinem Schwert, aber noch bevor ich es ziehen konnte, sprach die Kreatur wieder zu uns aus ihrem Ausguck.

»Der Junge da fragte mich, weshalb ich euch als Spielzeug mißbrauchte. Ich tue dies nicht. Wenn ich nicht töte, muß ich leiden. Mehr leiden, als ich jetzt schon muß.« Er hielt inne, und ich benutzte diese Pause, um Ibn Fahad einen fragenden Blick zuzuwerfen, aber der zuckte nur mit den Schultern. Dann fuhr das Unwesen fort:

»Entgegen dem, was dieser Schreiberling sagt, bin ich keine Kreatur ohne... ohne Gefühle, wie Menschen sie haben. Immer weniger will ich euch vernichten.« Es raschelte wieder in den Bäumen. »Erstmals seit unerdenklichen Zeiten habe ich den Klang menschlicher Stimmen vernommen, die nicht nur aus Furcht schrien. Ich habe mich einer Gruppe von Menschen genähert, ohne bellende Hunde, und habe zugehört, wie sie sprachen. Es war fast, als wäre ich wieder ein Mensch.«

»Und auf diese Art zeigst du uns deine Freude?« fragte der Wesir Walid mit klappernden Zähnen. »Indem du uns t-t-tötest?«

»Ich bin, was ich bin«, entgegnete der Vampyr. »Trotz alledem habt ihr bei mir eine Sehnsucht wachgerufen, eine bestimmte Sehnsucht... nach Gemeinschaft. Mir gehen plötzlich wieder Gedanken durch den Kopf, an die ich mich schon kaum mehr erinnern kann. Ich mache euch einen Vorschlag...«

»Eine... Wette?«

Endlich hatte ich mein Schwert gefunden, und Ibn Fahad hatte das seine ebenfalls gezogen. Wir beide wußten, daß wir ein Ding wie dieses nicht töten konnten – einen rotäugigen Dämon, der fünf Ellen hoch in die Luft springen konnte und der innerhalb von vierzehn Tagen unsere Sprache erlernt hatte. Er gehörte zu den feuergeborenen Wesen wie ein Dschinn oder ein Teufel, und daher überstieg es bei weitem unsere Kräfte, seiner Existenz ein Ende zu bereiten.

»Keine Geschäfte mit Satanas!« hetzte Abdallah.

»Was hast du eben gesagt, du verbohrte Kreatur?« wollte ich von ihm wissen. Innerlich war ich entsetzt, daß ein solches, ungleiches Gespräch jemals auf Erden stattfinden sollte.

»Schenke diesem...«, hierbei verzog ich meine Mundwinkel, »hohen Herrn keine Beachtung.« Abdallah warf mir einen haßerfüllten Blick zu.

»Hört mich also an«, hob die Kreatur an, und im Laubwerk waren abermals die Geräusche zu vernehmen, die entstehen, wenn große Flügel entfaltet und ausgestreckt werden. »Hört, ich muß töten, um zu leben, und von der Natur aus, die mir eigen ist, kann ich nicht sterben. So ist es nun einmal.«

»Ich biete euch aber die Möglichkeit, einen ungehinderten Abzug aus meinem Reich, dem Land der tausend Hügel, zu gewinnen. Wir wollen einen Wettbewerb veranstalten, eine Wette, wenn ihr so wollt. Wenn ihr mich besiegt, sollt ihr frei weiterziehen. Und ich werde mich wieder diesen schwerfälligen, groben Gebirgsbauern zuwenden.«

Sossis Augen sandten Blitze aus, und ihre Nasenflügel bebten, als ob sie verstanden hätte, was das Ding sagte. Der Vampyr war nicht der einzige gewesen, der etwas aus den nächtlichen Erzählungen gelernt hatte.

Ibn Fahad lachte bitter auf. »Was sollen wir mit dir streiten? So sei es!«

»Ich könnte dein Rückgrat wie einen dürren Ast zerbrechen«, knurrte der dunkle Schatten. »Nein, ihr habt mich durch eure Geschichten so viele Nächte zurückgehalten. Auch weiterhin soll euch das Geschichtenerzählen einen sicheren Weg eröffnen. Wir wollen einen Wettbewerb abhalten, einen Wettbewerb, der zu mir paßt. Wir wollen uns anstrengen, die traurigste aller Geschichten zu erzählen. Versteht ihr? Die traurigste. Dies fordere ich. Jeder von euch soll an die Reihe kommen, und auch ich werde mich beteiligen. Wenn ihr mich mit einer einzigen Geschichte oder allen zusammen schlagen könnt, sollt ihr von mir nichts mehr zu befürchten haben.«

»Und wenn wir verlieren?« erkundigte ich mich. »Und wer soll überhaupt der Schiedsrichter sein?«

»Ihr sollt entscheiden.« Seine tiefe, schwere Stimme nahm einen grimmig amüsierten Unterton an. »Wenn ihr mir in die Augen blicken könnt und mir sagt, daß ihr meine traurige Geschichte geschlagen habt, dann werde ich euch glauben.«

»Wenn ihr aber verliert«, fuhr der Vampyr fort, »dann soll einer von euch an mich ausgeliefert werden, gewissermaßen als Preis für den freien Abzug der übrigen..., und ich werde den Preis zu mir nehmen, während ihr zuseht. Das sind meine Bedingungen. Anderenfalls werde ich jeden einzelnen von euch hetzen – denn mittlerweile hat eure Geschichtenerzählerei für mich an Reiz verloren.«

Ibn Fahad warf mir einen verzweifelten Blick zu. Das »Rehkitz« und die anderen starrten auf den dämonischen Schatten, teils ängstlich, teils erstaunt.

»Wir werden dir unsere... Entscheidung morgen, nach Sonnenuntergang bekanntgeben«, entschied ich. »Es muß uns erlaubt sein, nachzudenken und uns zu besprechen.«

»Wie ihr wollt«, erklärte sich der Vampyr einverstanden. »Wenn ihr meine Herausforderung annehmen wollt, muß das Spiel dann auch beginnen, denn wir haben nur noch wenige gemeinsame Tage.« Hierbei begann die schreckliche Kreatur zu lachen. Ihr Lachen glich dem Geräusch, das entsteht, wenn einem verrotteten Baum die Borke abgestreift wird. Dann war der Schatten mit einem Mal verschwunden.

11
Ein Spiel ums Leben

Schließlich mußten wir alle der Wette zustimmen. Es war unsere einzige Chance. Wir wußten, daß die Kreatur uns nicht hintergehen würde – wir zwirbelten unsere Bärte am nächtlichen Feuer und empfanden es fast als Wohltat, nicht mehr unseren eigenen Geschichten zuhören zu müssen. Welche Magie den Vampyr die ganze Zeit über gebannt hatte, konnten wir uns nicht vorstellen. Jedenfalls waren wir dabei, diesen Zauber zu verlieren, in einer Weise, wie Mehl aus einem zerrissenen Sack rieselt.

Am Morgen zogen wir eilig weiter und versuchten, eine möglichst große Wegstrecke hinter uns zu bringen, da dieser Tag für einen oder mehrere von uns der letzte sein konnte. Ich zermarterte mir das Gehirn nach Geschichten mit traurigem Inhalt und verzweiflungsvollem Ende, aber mir fiel überhaupt nichts Passendes ein. Über die vielen langen Nächte hin hatte ich am häufigsten den Part des Erzählers übernommen. Hierbei hatte ich wirklich jede Geschichte, von der ich je gehört hatte, bis zum Grunde ausgeschöpft, und mir fiel es immer schwer – wie Ibn Fahad bestätigen wird –, Geschichten selbst zu entwickeln.

Schließlich besann ich mich auf eine dunkeläugige Frau, die mir einmal in meinem Leben begegnet war, und auf die Trauer, die mich überfiel, daß ich einen derart schönen Anblick in meinem Leben niemals wieder würde bewundern dürfen, daß mir in Zukunft die süße Schwere ihrer Duftöle, die mit Sandelholz, Ambra und Moschus Betörung zauberten, vorenthalten bleiben sollten, und daß mir für alle Zeiten der Anblick der mit Blumenblättern geschmückten Blüte, die mit Henna auf ihre rosigen Handballen aufgemalt worden waren, versagt bleiben sollte.

Dieses Gefühl der tief empfundenen Trauer hatte mich so stark und unerwartet gepackt, daß es für mich außer Frage stand, daß mir hierüber eine Geschichte einfallen würde, obgleich mir deren Verlauf in diesem Augenblick noch völlig schleierhaft war.

Ibn Fahad erklärte sich bereit, die erste traurige Geschichte zu erzählen. Ich wollte von ihm wissen, auf welche Geschichte seine Wahl gefallen war, aber er hütete sein Geheimnis, trotz meines beharrlichen Drängens. Er gab mir lediglich zur Antwort, daß er die Macht, die möglicherweise in dieser Geschichte enthalten war, für den entscheidenden Augenblick bewahren wollte.

Auch dem Wesir war eine Geschichte eingefallen, die er für passend erachtete.

Kurken und Sossi sprachen sich miteinander in ihrer unangenehm klingenden Muttersprache ab, während sie uns alle im Auge behielten. Aus ihrem Blick sprach ein tiefer Haß, von dem ich angenommen hatte, daß er im Laufe dieser schrecklichen Reise gebrochen worden wäre. Schließlich ließ Kurken verlauten, »Wir haben auch eine Geschichte – eine für uns beide.«

»Meine Verletzung hat mir eine neue Sichtweise für die Dinge der Welt eröffnet«, sagte Ibrahim bedächtig und so langsam, als ob für ihn das Sprechen zu einer ebensolchen Anstrengung geworden war wie das Laufen. »Ich erinnere mich jetzt an eine Geschichte, die ich erzählen möchte, obgleich ich sie, als ich sie zum ersten Mal vernahm, nicht mochte und auch nicht verstand.«

Ich zerbrach mir noch immer den Kopf, als unser »Kitz« sichtbar erleichtert herausposaunte, daß er sich nun auch eine Geschichte zurechtgelegt habe. Ich blickte zu ihm herüber, weidete mich an seinen rosigen Wangen und den sanften, wimpernbeschatteten Augen und fragte ihn dann, was er denn in seinen jungen Jahren schon von der Trauer wisse. Noch während ich zu ihm sprach, wurde mir klar, wie grausam ich in diesem Augenblick zu ihm war, da er doch gleich uns anderen im Schatten des Todes oder gar etwas Schlimmerem stand, aber es war zu spät, meine Frage zurückzunehmen.

Das »Kitz« war aber keineswegs verletzt. Er faltete seinen Umhang zusammen, während er mit gekreuzten Beinen auf dem Boden saß. Dann blickte er auf und verkündete: »Ich werde eine traurige Geschichte über die Liebe erzählen. Die allertraurigsten Geschichten handeln immer von der Liebe.«

Abdallah hatte noch immer nichts anderes für uns als sein zynisches Hohnlächeln. Die Vorstellung, daß, wenn das Glück uns nicht hold war, sein saures Gesicht das letzte sein könnte, was ich auf Erden sah, war wesentlich trauriger als jede Geschichte, von der ich je in meinem Leben gehört habe. Aber ich kam zu dem Schluß, daß sie unseren Feind wohl nicht besonders beeindrucken würde.

An jenem Tag liefen wir so weit und so schnell wir nur konnten, als ob wir hofften, daß wir irgendwie – wenn auch jede Vernunft dagegen sprach –, einen Weg aus den trüben, nebelbedeckten Bergen finden mochten. Als das Zwielicht aber einbrach, lag noch immer eine große Anzahl von Bergkuppen vor uns.

Wir schlugen unser Lager am Fuße eines hoch aufragenden Felsens auf, natürlich mit dem Gedanken, daß der Felsen uns im Rücken deckte, wenn diese Nacht schlecht für uns ausgehen sollte.

Das Feuer war gerade entzündet worden, die Sonne war hinter den Gebirgskämmen versunken, als ein kalter Wind die Zweige der Bäume hin und her peitschte. Ohne auch nur ein Wort zu verlieren, wußten wir, ohne uns auch nur anzuschauen, daß die Kreatur zurückgekommen war.

»Habt ihr eine Entscheidung getroffen?« Die mißtönende Stimme von den Bäumen hatte einen merkwürdigen Klang im Gegensatz zu der Stimme, die wir am Vorabend vernommen hatten. Sie erweckte den Eindruck, als ob der Sprecher unbeschwert und sorglos klingen wollte – aber ich hörte aus jeder einzelnen Silbe nur den Tod heraus.

»Wir haben uns entschieden«, ergriff Ibn Fahad das Wort und erhob sich aus seiner halb gebückten Stellung, um der Kreatur aufrecht entgegenzutreten. »Wir werden die Wette annehmen. Möchtest du gerne beginnen?«

»O nein...«, wies das Ding diesen Vorschlag zurück und machte ein flatterndes Geräusch. »Das würde dem... Wettbewerb die ganze Spannung nehmen, nicht wahr? Ich bestehe darauf, daß ihr beginnt.«

»Ich bin dann der erste«, kündigte Ibn Fahad an und blickte sich in der Runde seiner Zuhörer um, um eventuellen Widersprüchen entgegentreten zu können. Der dunkle Schatten bewegte sich plötzlich ganz unerwartet auf uns zu. Bevor wir noch die Flucht ergreifen konnten, blieb der Vampyr stehen, nur wenige Schritte von uns entfernt.

»Fürchtet euch nicht«, krächzte er. Da er zum ersten Male unseren Ohren wirklich nahe war, klang seine Stimme noch häßlicher und kreischender.

»Ich bin etwas näher gekommen, um die Geschichte besser verstehen zu können und um den Erzähler besser beobachten zu können. Das gehört doch zu jedem Geschichtenerzählen dazu. Ich werde aber nicht noch näher kommen. Fang an!«

Alle, außer mir, starrten in das Feuer, umfaßten ihre Knie und hielten ihre Augen von der schwarzen Gestalt, die hinter uns kauerte, abgewandt. Ich hatte das Feuer zwischen mir und der Kreatur und fühlte mich daher sicherer, als wenn ich wie Walid, Ibrahim und Abdallah gesessen hätte, mit nichts außer dem kalten Boden zwischen mir und dem Biest.

Auch der Vampyr saß zusammengekrümmt, als ob er unsere Sitzhaltung imitieren wollte. Seine Augen waren fast geschlossen, so daß nur von Zeit zu Zeit purpurrotes Licht aufflackerte, das wie ein halb ersticktes Feuer glühte. Es war schwarz, dieses menschenähnliche Wesen – nicht von dem Schwarz der afrikanischen Stämme, sondern so schwarz wie Schmiedeeisen oder der Eingang einer Höhle. Es erweckte den Eindruck eines Toten, der an einer schrecklichen Seuche gestorben war. Es hatte sich in Tücher gehüllt, schimmlige, verfilzte Stoffetzen, morsch wie ein alter Baumstamm... aber die Rundung seines Rückens zeugte von einer schrecklichen Lebendigkeit – wie eine große, schwarze Grille, zum Sprung bereit.

12
Die Geschichte Ibn Fahads

Vor vielen Jahren, so begann Ibn Fahad, reiste ich eine Zeitlang durch Ägypten. Ich war damals arm und reiste dorthin, wo eine Aussicht bestand, daß einer, der mit dem Schwert umzugehen verstand, angeworben würde. Schließlich hatte ich eine Stellung als Wächter bei einem reichen Kaufmann in Alexandria gefunden. Ich war dort einigermaßen zufrieden und ging gerne durch die belebten Straßen, deren Belebtheit sich so sehr von denen des Dorfes unterschied, in dem ich geboren worden war.

In einer lauen Sommernacht fand ich mich plötzlich in einer ganz und gar unbekannten Straße wieder. Sie endete auf einem kleinen Platz, und ich setzte mich vor einer alten Moschee nieder. Der Platz war voller Leute, Kaufleute, Fischweiber, ein oder zwei Jongleure, aber die Aufmerksamkeit der meisten war nach oben, auf die Fassade der Moschee gerichtet. Als ich zuvor über den Platz geschlendert war, hatte ich angenommen, daß die Gläubigen den Beginn des Gebetes abwarteten, obwohl der Sonnenuntergang noch fern war. Ich überlegte mir, ob vielleicht ein ehrenwerter Imam, einer der hochgestellten Vorbeter, von den Stufen der Moschee sprechen würde. Als ich aber näher kam, konnte ich sehen, daß die gesamte Versammlung nach oben starrte und alle ihren Kopf zurücklegten, als ob die Sonne persönlich auf ihrem Weg zu ihrer Ruhestätte im Westen auf eines der Minarette aufgelaufen wäre.

Aber anstelle der Sonne war auf der zwiebelförmigen Kuppel der Moschee die Silhouette eines Mannes zu erkennen, der zum Horizont Ausschau zu halten schien.

»Wer ist das?« fragte ich einen Mann neben mir.

»Es ist Ha'arud al-Emwiya, der Asket«, erzählte mir ein Mann bereitwillig, wobei er nicht für einen Moment seine Augen von dem Turm abwandte.

»Wird er dort oben festgehalten?« forschte ich weiter. »Wird er nicht herunterfallen?«

»Sieh selbst«, war alles, was mir der Mann zur Antwort gab, und ich leistete seiner Aufforderung Folge.

Einen Augenblick später schien zu meinem größten Entsetzen die schmale, dunkle Gestalt des Ha'arud zu erstarren, dann stürzte er von dem Rand des Minaretts wie ein Stein in die Tiefe.

Ich stöhnte vor Schreck auf, und mir taten es einige in meinem Umkreis gleich, aber die meisten standen nur da und schwiegen. Dann geschah etwas Unglaubliches. Der herumgewirbelte heilige Mann breitete seine Arme aus wie ein Vogel seine Flügel, und sein Fall nach unten wurde zu einem sanften Niedergleiten. Er blieb zunächst hoch über der Menge in schwebendem Zustand, streckte sich dann gen Himmel und ließ sich vom Wind wie ein Blatt treiben, er drehte sich, schlug Purzelbäume, hielt plötzlich an und glitt dann wie eine Daunenfeder sanft zu Boden. In der Zwischenzeit hatten alle Anwesenden einen Chor angestimmt »Allah ist allmächtig! Allah ist allmächtig!« Als der Asket seine nackten Füße auf die Erde gesetzt hatte, umringten ihn die Leute, berührten seinen rauhen wollenen Umhang und riefen seinen Namen laut in alle Winde. Er selbst sagte überhaupt nichts. Er stand nur da und lächelte. Bald darauf lief die Menge auseinander, und die Leute unterhielten sich.

»Das ist aber erstaunlich!« sagte ich zu dem Mann, der neben mir stand.

»Vor jedem Feiertag fliegt er«, erklärte mir der Mann und zuckte mit den Achseln. »Ich wundere mich, daß ich heute zum ersten Mal von Ha'arud al-Emwiya höre.«

Ich mußte einfach mit diesem erstaunlichen alten Mann sprechen. Als sich die Menge verlaufen hatte, ging ich auf ihn zu und fragte ihn, ob ich ihn zu einem Glas Tee einladen dürfe. Aus der Nähe betrachtet, ging von ihm eine erstaunliche Schalkhaftigkeit aus, die besonders von der Gunst abstach, in der er bei Allah, dem Allmächtigen stehen mußte. Erfreut nahm er meine Einladung an und begleitete mich zu einem Teehaus in der Nähe der Straße der Weber.

»Woher kommt es«, sprudelte es aus mir heraus, »wenn Ihr meine Direktheit entschuldigen wollt, daß Ihr unter all den heiligen Männern so begnadet seid?«

Er blickte von seinem Tee, den er zwischen seinen Handballen hielt, auf und grinste mich an. Ihm waren im Laufe seines Lebens nur noch zwei Zähne verblieben. »Balance«, antwortete er mir.

Ich war überrascht. »Eine Katze balanciert«, entgegnete ich, »aber nichtsdestotrotz muß sie abwarten, bis die Tauben sich niedersetzen, bevor sie sie erlegen kann.«

»Ich sprach von einer anderen Art von Balance«, wies er mich zurecht. »Die Balance zwischen Allah und Satanas, den Allah in seiner Allmacht als Gegengewicht von außerordentlicher Feinheit geschaffen hat.«

»Erklärt das bitte, Herr.« Ich wollte für ihn eine Mahlzeit bestellen, was er aber ablehnte.

»In allen Dingen muß man Vorsicht walten lassen«, erklärte er mir. »So ist es auch mit meinem Fliegen. Sehr viele Männer, die sogar noch frömmer sind als ich, sind wie Steine mit der Erde verwurzelt. Manch anderer hat ein so armseliges Leben, daß es sogar den Teufel dauert, aber er kann sich nicht in die Lüfte aufschwingen. Nur ich alleine, man möge mir bitte das verzeihen, was nach Selbstzufriedenheit klingt, habe die ausgewogene Balance. Daher kann ich jedes Jahr vor den Feiertagen dieses Wunder vollbringen, wenn ich zuvor kleine Sünden oder Wohltaten begehe, beziehungsweise erweise, je nachdem, wie es gerade nötig ist, damit die Gewichte ganz genau ausbalanciert sind. Daher hat weder Allah noch sein Erzfeind Macht über mich, wenn ich von der Moschee springe. Sie halten mich in der Luft bis zu einem Zeitpunkt, in dem die Balance gestört wird.« Wieder lächelte er und schlürfte seinen Tee.

»Ihr scheint mir eine Art Schachbrett zu sein, auf dem Gott und der Teufel streiten?« stellte ich erstaunt fest.

»Ja, ein fliegendes Schachbrett«, lachte er. Wir unterhielten uns noch eine Weile. Als die Schatten in der Straße der Weber lang wurden, klammerte sich Ha'arud noch immer störrisch an seine Erklärung. Ich muß ihm fast als Ungläubiger erschienen sein, da er mir vorschlug, auf die Spitze der Moschee zu klettern, damit er seine Künste aufs neue beweisen könne. Mein Kopf war benebelt, als wäre ich betrunken, und er, der er nur ein wenig an dem Tee genippt hatte, war von einer merkwürdigen Heiterkeit erfüllt.

Wir stiegen also die vielen gewundenen Stufen nach oben und traten auf die Brüstung, die die Kuppel wie eine Krone umgab. Die kühle Nachtluft und Tausende flackernder Lichter von Alexandria unter uns machten mir plötzlich den Kopf frei.

»Auf einmal wird mir klar, daß Eure Erklärungen in sich stimmig sind«, sagte ich zu ihm. »Wir wollen wieder hinuntersteigen.«

Aber Ha'arud wollte nichts davon hören und wollte einen Schritt von der Kuppel machen. Er schwankte wie eine Hummel hundert Fuß über der staubigen Straße. »Balance«, sagte er zufrieden.

»Aber ist die gute Tat, die ihr damit vollbringt, daß ihr mir diese Vorführung nochmals gebt, genug, um den Stolz auszugleichen, mit dem Ihr Eure Kunst vorführt?« gab ich zu bedenken.

Mir war kalt, und ich wollte wieder festen Boden unter meinen Füßen spüren. Auf diese Weise hoffte ich, die Vorführung abzukürzen.

Ohne aber meine Frage zu vernehmen, verzog Ha'arud sein Gesicht, als ob ihm etwas in den Sinn gekommen war, an das er leider nicht gedacht hatte. Einen Augenblick später plumpste er mit einem Entsetzensschrei nach unten, um auf den Steinstufen der Moschee mausetot zu zerschellen.

Ibn Fahad war ganz in seinen Erinnerungen versunken und starrte in das Lagerfeuer. »So viel also zu den Problemen, die mit einer ausgewogenen Balance zu tun haben«, schloß er dann und schüttelte seinen Kopf.

Ein Flüstern, das von unserem schwarzen Besucher kam, brachte uns gnadenlos wieder zurück in unsere mißliche Situation.

»Interessant«, krächzte die Kreatur. »Traurig ist die Geschichte, ja, traurig, aber traurig genug? Wir werden sehen. Wer ist der nächste?«

Ein Schauder wie ein hohes Fieber kroch mir über den Rücken bei diesen Worten.

Die junge Armenierin, die sich während Ibn Fahads Erzählung in den Falten des schwarzen Taylassan verborgen gehalten hatte, erwachte bei diesen Worten zum Leben, ließ das Tuch vor ihrem Mund fallen und sagte in ihrem gebrochenen Arabisch: »Wir sind bereit.« Dann blickte sie zu Kurken, der zustimmend nickte.

13
Die Geschichte von Kurken und Sossi

Zuerst sprach Sossi, ihre Stimme war hell, aber sie sprach die meisten Worte in ihrer eigenen häßlichen Sprache, was später von Kurken übersetzt wurde, nachdem er bei Walid die Bedeutung von einigen Worten, wie zum Beispiel »Kalif«, erfragt hatte. Wie ich ihnen zuhörte, wurde es allmählich unerheblich, daß Sossi sich eines Übersetzers bedienen mußte, da die Geschichte mich sehr stark fesselte: Es lebte einmal ein altes Ehepaar, dem Gott den Kindersegen versagt hatte. Die Frau betete zu Gott: »Gütiger Gott, du gibst uns Schutz und Nahrung. Du gibst uns alles außer einem Kind. Bitte, lieber Gott, schenke uns ein Kind. Ein Erdenkind, ein Regenkind, ein Feuerkind oder ein Schattenkind. Wir werden jedes Kind, das du uns schenkst, herzen und lieben.«

Gott hatte schließlich ein Einsehen und schenkte der Frau ein Schattenkind. Jeden Tag wuchs das Schattenkind so viel, wie andere Kinder in einem Monat wachsen, und jeden Monat wuchs es so viel, wie andere Kinder in einem Jahr wachsen. Das Schattenkind war nur bei Tag bei seinen Eltern. Bei Nacht, wenn überall die Schatten umherwanderten, blieb das Schattenkind verschwunden. Nur in der Nähe der Feuerstelle, der einzigen Lichtquelle der armen Leute, war es auch bei Nacht zu erkennen. Daher wußten Mutter und Vater bei Nacht nicht, ob es tot oder am Leben war. Vater und Mutter liebten das Schattenkind und nannten es eine Gnade Gottes. Sie lehrten es Aufrichtigkeit und machten es mit den Überlieferungen vertraut.

Als das Kind alt genug war, um auf dem Feld zu arbeiten, war es inzwischen so stark geworden, daß es, ohne Ochsen anspannen zu müssen, pflügen konnte. Das Schattenkind war sehr, sehr stark.

Bald darauf lag der Vater im Sterben und übertrug dem Kind die Sorge für seine Mutter.

Eines Tages sollte das Schattenkind Wolle zum Markt bringen. Auf dem Weg dorthin sah es einen Aprikosenbaum hinter einer Mauer stehen. Ein Ast voller Aprikosen, die orangefarben wie die Morgensonne leuchteten, hing über die Mauer. Das Schattenkind konnte nicht anders, als auf die Mauer zu steigen, um die köstlichen Früchte zu probieren. Als es die Mauer erklommen hatte, erblickte es die Tochter des Kalifen, die an einem Springbrunnen saß und ihr Haar flocht. Sie war so liebreizend, daß sein Herz sogleich vor Liebe aufsprang. Sie blickte auf, sah ihn an und kam auf ihn zu. Er gab ihr eine Aprikose. Völlig verzaubert sprang er von der Mauer herab und rannte wie gehetzt davon.

»Mutter«, erzählte er der alten Frau, als er wieder zu Hause angekommen war, »ich habe heute die eine gesehen, die einzige, die ich heiraten möchte. Geh zum Palast des Kalifen und bitte ihn um die Hand seiner Tochter.«

»Ich werde dir deinen Wunsch gern erfüllen, mein lieber Sohn«, antwortete sie und ging zum Palast, um den Kalifen um die Hand seiner Tochter zu bitten.

»Wer bist du und für wen hältst du dich, daß du in deinen Lumpen dein Ansinnen vorzutragen wagst?« ärgerte sich der Kalif und ließ die arme Frau von seinen Dienern hinausprügeln.

Das Schattenkind war zutiefst betrübt, als es seine verletzte Mutter erblickte. Es bat seine Mutter nicht darum, nochmals zum Palast zu gehen, aber am nächsten Tag saß es nur da und konnte nichts essen. Seine Mutter konnte es nicht leiden sehen und ging daher abermals zum Palast des Kalifen. Der Kalif ließ sie diesmal härter schlagen und sie hinauswerfen. Das Schattenkind wurde noch trauriger, als es seine geprügelte Mutter nach Hause kommen sah. Es konnte nicht mitansehen, daß sie verletzt wurde, aber die Tochter des Kalifen war ihm ins Herz eingebrannt.

Es verweigerte jegliche Speise, und seine Mutter ging wieder zum

Palast. Der Kalif war sehr wütend, aber er erkannte, daß sie immer wieder zurückkommen würde, auch wenn er sie schlagen ließ. Er beschloß daher, ihrem Sohn eine unlösbare Aufgabe zu stellen, um sie beide loszuwerden.

Er sagte: »Wenn dein Sohn mir einen Krug von dem Wasser, das neben dem Haus der Sonne fließt, bringt, so soll er meine Tochter zur Frau nehmen.«

Die Mutter erzählte dem Schattenkind, was der Kalif gesagt hatte.

Am nächsten Tag schnürte das Schattenkind sein Bündel und schnallte sich den besten Wasserkrug seiner Mutter auf den Rükken. Er zog dann dem Sonnenuntergang entgegen, wo die Sonne ihr Haus hat. Während des Tages zog er seinem Ziel entgegen, bei Nacht aber verschwand er.

Nachdem er vierzig Tage gewandert war, tat sich vor ihm ein großes Loch auf, und er befand sich am Ende der Welt. Er entzündete eine Fackel, damit er nicht verschwand, wenn er in den Abgrund herabstieg. Tief unter der Erde fand er einen wunderbaren Strom, dessen Wasser weiß wie Milch war und wie der Mond schimmerte. In der Nähe stand ein Haus. Es war aus weißen Steinen errichtet und über und über mit goldenen Buchstaben bedeckt. Hinter den Wänden sah er Baumwipfel. Er nahm den Geruch von reifen Früchten wahr und hörte zarte Vogelstimmen. In dem Hof vor dem Haus saß die Mutter der Sonne und wartete auf die Rückkehr ihres Kindes.

Das Schattenkind wartete den Einbruch der Nacht ab. Das Wasser war so hell, daß es ihn sogar nach Sonnenuntergang vor dem Verschwinden schützen würde. Es wäre sicherlich leichter, das Wasser erst zu schöpfen, wenn die Sonne zu Bett gegangen war.

Bald darauf kam die Sonne den Abgrund herunter und ging zu ihrer Mutter, die sie umarmte und sie mit in das Haus nahm. Als die Tür geschlossen war, füllte das Schattenkind seinen Krug mit dem Wasser des Flusses. Das Wasser war so hell wie die Sonne, so daß das

Schattenkind bei dem Aufstieg aus der Untiefe nicht verschwand. Hinter ihm hörte es den entsetzten Aufschrei der Mutter der Sonne: »Wer nahm das Wasser? Dieb! Am Morgen wird dich die Sonne finden! Sie sieht alles!«

Das Schattenkind machte sich auf den Heimweg, versteckte sich bei Tag vor der Sonne und nutzte die Helligkeit des Wassers, um in der Dunkelheit bei Nacht den Weg zu finden.

Es wanderte wieder vierzig Nächte zurück und hielt sich sorgfältig vor der Sonne versteckt, die bisher immer ein Freund gewesen war. Dann erreichte es schließlich sein eigenes Haus, in dem seine Mutter wartete. Sie küßte ihr Schattenkind, und dann gingen sie zusammen zum Kalifen.

Der Kalif konnte sein Versprechen nicht brechen. Als das Schattenkind ihm den Krug mit dem Wasser aus dem Strom neben dem Haus der Sonne gab, beugte er sein Haupt.

Am nächsten Tag wurden das Schattenkind und die Tochter des Kalifen miteinander vermählt. Die Hochzeitsfeier dauerte sieben Tage und sieben Nächte lang. Am letzten Tag brachte der Kalif den Krug mit dem Wasser der Sonne, um den Inhalt mit allen Gästen zu teilen. Zuvor erzählte er, wie das Schattenkind das Wasser gestohlen hatte.

Hoch am Himmel hörte die Sonne die ganze Geschichte. Nun wußte sie schließlich doch, wer der Dieb war.

»Ich werde niemals wieder für das Schattenkind scheinen«, schwor sich die Sonne. In diesem Augenblick verschwand das Schattenkind für immer, ließ seine junge Braut und seine Mutter entsetzt zurück, denen nur noch Dunkelheit blieb.

Nachdem die beiden jungen Armenier ihre Geschichte zu Ende erzählt hatten, schwiegen alle betroffen. Sie hatten erwartet, daß die Geschichte noch fortgesetzt würde. Sie blickten sich an und hoben die Augenbrauen. Wie aber hätte die Geschichte anders enden können?

Kurken legte den Arm um Sossis Schultern, und beide blickten erwartungsvoll auf den Vampyr.

In seinen Augen brannte ein helles Feuer. Einen Augenblick lang sagte er überhaupt nichts. Er breitete seine Flügel hoch über sich aus, als ob er sich vor dem Nachthimmel Schatten spenden wollte.

»Traurig«, urteilte er schließlich. »Aber ich mag dieses Gerede über die Sonne überhaupt nicht. Traurig genug? Wir werden es sehen. Wer wird als nächster erzählen?«

»...Ich komme jetzt dran...«, meldete sich das »Kitz« mit belegter Stimme. »Soll ich anfangen?«

Der Vampyr schwieg und zog sich lediglich einen schwarzen Lumpen vom Kopf. Der Junge räusperte sich und begann mit seiner Geschichte.

14
Die Geschichte von Susri, dem »Rehkitz«

Es lebte einmal..., hub Susri an, zögerte dann jedoch und begann von neuem: Es lebte einmal ein junger Prinz mit dem Namen Zufik, er war der zweite Sohn eines mächtigen Sultans. Da er im Reich seines Vaters keine Zukunft hatte, ging er in die weite Welt, um sein Glück zu suchen. Er bereiste viele Länder und lernte allerlei eigenartige Dinge kennen und hörte dann von immer noch erstaunlicheren Wundern.

Eines Tages erzählte man ihm von einem nahe gelegenen Sultanat, dessen Herrscher eine wunderschöne Tochter hätte, die er wie seinen Augapfel hütete.

Dieses Reich hatte seit vielen Jahren unter einem schrecklichen Ungeheuer zu leiden. Es handelte sich um einen weißen Leoparden von ungeheurer Größe, die man bisher noch nie gekannt hatte. Obgleich er sehr scheu und furchtsam war, hatte er die Jäger, die ihn einfangen sollten, getötet, und er war so gerissen, daß er Kleinkinder aus ihren Wiegen stahl, solange die Mütter schliefen. Das Volk des Sultans lebte in beständiger Furcht, und der Sultan selbst war verzweifelt, da seine tapfersten und stärksten Soldaten bei dem Versuch, die Bestie zu töten, gescheitert waren. Schließlich war er am Ende seiner Weisheit angelangt und ließ auf dem Marktplatz verkünden, daß der Mann, der den weißen Leoparden zur Strecke brächte, mit seiner Tochter Rassoril vermählt werden würde und nach seinem Tod den Thron erhielte.

Der junge Zufik ließ sich darüber berichten, wie die besten Männer des Landes ebenso wie Fremde nacheinander unter den Pranken des Leoparden ihren Tod gefunden hatten, oder... oder... zwischen seinen Zähnen.

Hier bemerkte ich, wie Susri zögerte, als ob ihn die Vorstellung der blitzenden Zähne, die er heraufbeschworen hatte, an unsere unangenehme Lage erinnerte. Walid beugte sich nach vorn und klopfte dem Jungen mit großer Sanftheit auf die Schultern, bis er sich wieder so weit beruhigt hatte, daß er fortfahren konnte.

Daher... Daher zog der junge Prinz in jenes Land und ließ sich am Hof des Sultans melden. Dort fand er einen müden alten Mann vor, dessen Feuer in seinen tief eingesunkenen Augen schon längst erloschen war. Er schien seine Macht weitgehend in die Hände eines blassen, schmalgesichtigen jungen Mannes mit dem Namen Sifaz gelegt zu haben, der ein Cousin der Prinzessin war. Als Zufik sein Vorhaben darlegte, so wie dies viele andere vor ihm schon getan hatten, blitzten Sifaz' Augen auf.

»Zweifelsohne wirst du dasselbe Ende wie deine Vorgänger finden«, bemerkte der Cousin, »aber du darfst es natürlich gerne versuchen. Und der Preis, falls du überleben solltest...«

Hier nun sah Zufik zum ersten Mal die Prinzessin Rassoril, und im Nu hatte er sein Herz an sie verloren.

Ihr Haar war so schwarz und glänzend wie polierte Pechkohle. Ihr Gesicht muß selbst Allah, der Allmächtige, mit Befriedigung betrachtet haben und sich dabei gedacht haben: »Dies ist der Glanzpunkt meiner Kunst.«

Ihre zarten Hände sahen wie niedliche Täubchen aus, die auf ihrem Schoß nisteten. In ihre braunen Augen konnte ein Mann eintauchen und ohne Hoffnung auf Rettung versinken – so jedenfalls erging es Zufik, und er täuschte sich nicht, als er bemerkte, daß Rassoril ihm einen ebensolchen Blick entgegensandte.

Sifaz entging dieser Blickwechsel nicht, und sein Mund verzog sich zu etwas, was ein Lächeln darstellen sollte. Er kniff seine gelben Augen zusammen und befahl den Dienern: »Bringt dieses Prinzchen in seine Gemächer, damit er sich jetzt ausruhen kann und bei Mondaufgang bereit ist. Das Brüllen des Leoparden wurde letzte Nacht in der Nähe der Palastmauern gehört.«

Und tatsächlich konnte Zufik das heisere Gebrüll eines Leoparden unter seinem Fenster hören, nachdem er im nächtlichen Dunkel davon erwacht war. Als er herausschaute, nahm er eine weiße Gestalt, die zwischen den Schatten im Garten umherglitt, wahr. Er zog sein Schwert und sprang über die Brüstung.

Kaum hatte er den Boden berührt, als der Leopard mit einem erschreckenden Knurren auf ihn lossprang und sich damit aus dem Halbdunkel der von Hecken verdeckten Gartenmauer löste.

Er war riesig, größer als jeder Leopard, den Zufik jemals gesehen hatte. Sein Fell glänzte wie Elfenbein. Er sprang auf Zufik los, seine Krallen glänzten im Mondschein, und Zufik konnte sich gerade noch rechtzeitig zu Boden werfen, so daß das Biest wie eine Wolke über ihn hinwegschwebte. Es berührte ihn lediglich mit seinem heißen Atem. Es drehte sich um und setzte erneut zum Sprung an, als die Wachhunde des Palastes in ein wildes Gebell ausbrachen. In diesem Augenblick gruben sich Krallen in Zufiks Brust, und er kam ins Schwanken. Blut quoll aus seinem Hemd und sprudelte so kraftvoll, daß er sich kaum auf den Beinen halten konnte. Ihm war der Rückzug abgeschnitten, da er mit dem Rücken gegen die Gartenmauer lehnte. Der Leopard näherte sich langsam und blickte ihn mit seinen gelben Augen an, so gelb wie die Talglampen, die in den Winkeln der Hölle brennen.

Plötzlich ertönte ein Bersten und Brechen am anderen Ende des Gartens. Die Meute des Sultans hatte das Gehege niedergetrampelt und kam zwischen den Bäumen herbeigerannt. Der Leopard zögerte – Zufik konnte sehen, wie er nachdachte –, und mit einem enttäuschten Brüllen sprang er auf die Mauer und verschwand in der Nacht.

Zufik wurde gefunden, seine Wunden versorgt, und anschließend wurde er zu Bett gebracht. Prinzessin Rassoril hatte sich bereits unsterblich ihn ihn verliebt und weinte bitterlich an seiner Seite. Unter Tränen bat sie ihn, in das Reich seines Vaters zurückzukehren und auf diese gefährliche Herausforderung zu verzichten.

Aber so schwach Zufik auch war, er dachte ebensowenig an Aufgabe wie an Diebstahl oder Verrat und lehnte ihren Vorschlag ab. Er kündigte an, daß er am folgenden Abend die Bestie wieder jagen wolle. Sifaz grinste und führte die Prinzessin fort.

Zufik glaubte wahrgenommen zu haben, daß der blasse Cousin der Prinzessin leise vor sich hin pfiff, als er sie in ihre Gemächer geleitete.

Nach Einbruch der Dunkelheit hörte Zufik, der wegen der Verletzungen keinen Schlaf hatte finden können, wie seine Tür leise geöffnet wurde. Er war erstaunt, als er die Prinzessin eintreten sah. Sie gebot ihm Schweigen. Als sie die Tür geschlossen hatte, warf sie sich neben ihm zu Boden und bedeckte Wangen und Hände mit leidenschaftlichen Küssen. Sie versicherte ihn ihrer Liebe und bat ihn inständig, zu fliehen. Auch er tat ihr seine Liebe kund, gab aber zu bedenken, daß seine Ehre es ihm nicht erlaube, kurz vor seinem Ziel aufzugeben, auch wenn er bei dem Versuch ums Leben kommen sollte.

Rassoril sah ein, daß der Entschluß des jungen Prinzen feststand, und zog einen schwarzen Pfeil, der mit einer Silberspitze versehen war, aus ihrem Gewand. Die Federn stammten von den Schwanzfedern eines Falken. »Dann nimm dies«, beschwor sie ihn. »Dieser Leopard ist ein verzaubertes Tier, und du wirst ihn niemals auf andere Weise töten können. Nur Silber kann sein Herz durchbohren. Nimm diesen Pfeil, und du wirst deinen Schwur erfüllen.« Mit diesen Worten glitt sie ebenso geheimnisvoll aus dem Zimmer, wie sie erschienen war.

Am folgenden Abend hörte Zufik erneut das Brüllen des Leoparden im Garten unter ihm. Diesmal nahm er seinen Bogen und den Pfeil mit sich, als er heraussprang, um sich der Bestie zu stellen. Zuerst verabscheute er den Gedanken, diesen besonderen Pfeil zu verwenden, ihm erschien es unmännlich, aber als der Leopard ihn erneut verletzt hatte und Schwerthiebe nichts gegen ihn ausrichteten, legte er schließlich den Pfeil an den Bogen, ließ ihn auf der Sehne einrasten, und als das Biest ihn wieder anspringen wollte, ließ er den Pfeil losschnellen, der den Leoparden mitten ins Herz traf. Die getroffene Kreatur stieß einen scheußlichen Schrei aus und sprang über die Mauer, ließ diesmal aber eine Blutspur hinter sich.

Am Morgen ging Zufik zum Sultan und bat ihn um ein paar Männer, die mit ihm die Blutspur verfolgen sollten, er wollte den Unterschlupf des Biests finden und sich von dessen Tod überzeugen. Der Sultan war darüber ungehalten, daß sein Wesir, der bleiche Cousin der Prinzessin, auf seinen Befehl hin nicht erschien. Sie alle gingen in den Garten hinunter, als aus den oberen Schlafräumen ein entsetzter Schrei erklang, ein Schrei, den nur eine Seele im höchsten Todeskampf ausstoßen konnte.

Mit bösen Vorahnungen stürzten Zufik, der Sultan und seine Männer die Treppe hinauf. Dort fanden sie den vermißten Sifaz. Der bleiche Mann hob seinen zitternden, blutverschmierten Finger und zeigte auf Zufik. Als alle den Fremden anstarrten, schrie Sifaz: »Er hat es getan, der fremde Prinz!«

In Sifaz' Armen lag der Körper der Prinzessin Rassoril, in ihrer Brust steckte ein schwarzer Pfeil.

Nachdem Susri geendigt hatte, folgte langes Schweigen. Der Junge schien seinen Mut wiedergefunden zu haben, vielleicht war er durch die Geschichte wachgerüttelt worden.

»Ah...«, sagte der Vampyr schließlich, »Liebe und der Preis, der manchmal dafür zu zahlen ist – das war der Sinn der Geschichte, nicht wahr? Oder ging es um die Wirkung von Silber auf übernatürliche Wesen? Macht euch darum weder Sorgen noch Hoffnungen, für mich gelten solche Dinge nicht. Mir schaden weder Silber, Stahl noch andere Metalle.« Die Kreatur gab ein rasselndes, besser vielleicht als kratzenden Ton zu beschreibendes Geräusch von sich, das wir als Lachen deuteten. Immer wieder mußte ich mich darüber wundern, obwohl mein Leben an einem seidenen Faden hing, daß der Vampyr sich unsere Sprache in solcher Geschwindigkeit angeeignet hatte, wo sie ihm doch so fremd sein mußte.

»Gut...«, sagte er langsam. »Traurig, aber... traurig genug? Das ist wiederum die entscheidende Frage. Was ist das nächste... Angebot?«

Ich versuchte mein Zittern zu unterdrücken. Für die Kreatur war es immerhin ja nur ein Spiel.

Ibrahim hatte das »Rehkitz« ebenso wie Abdallah aufmerksam beobachtet, während es seine Geschichte vortrug. Jetzt bewegte er seine Schultern und fuhr wegen des Schmerzes zusammen. Als sich sein Gesicht wieder entspannt hatte, blickte er den Vampyr fest an und sagte: »Ich glaube, daß ich jetzt an der Reihe bin.«

15
Die Geschichte Ibrahims, des Sklaven

Vor vielen Jahren ereignete sich in Kairo das Schrecklichste und Furchtbarste, was man sich nur denken kann. Dort lebte ein Meister der Goldschmiedekunst, der zugleich ein ausgezeichneter Waffenschmied war, da es Freude bereitete, mit Hilfe des Feuers Metalle zu bearbeiten. Für ihn war der Geruch von geschmolzenem Metall der angenehmste Duft. Ihm brachte es höchste Befriedigung, Gebilde herzustellen, die dem weiblichen Haar Ruhm verschaffen sollten, der Stirnschmuck ließ das Haus der Gedanken besonders hervortreten, Ringe konnten Finger beleben, und Halsschmuck liebkoste Kehle und Brüste. Man erzählte von ihm, daß er auf das kleinste Glied einer haarfeinen Kette den Namen Allahs gravieren konnte, so daß derjenige, der den Schmuck trug, vor dem bösen Blick gefeit war. Die mondförmigen Anhänger, die er herstellte, sollten ihre Träger sogar vor dem Tod schützen. Über seine Krummdolche erzählte man sich, daß sie in ihren Scheiden nach Blut schrien, und mit seinen Schwertern sollte man Marmor schneiden können, ohne daß sie stumpf wurden.

Weil er solch hervorragende Arbeit leistete, verbreitete sich sein Ruhm in nah und fern.

Eines Tages kam ein Fremder in seine Werkstatt und sagte: »Fertige mir einen Spazierstock an und verwende dafür nur das reinste Silber. Er soll so hart wie Damaszener Stahl sein. Verziere ihn mit Sternen, Halbmonden und Zauberformeln, um Böses abzuwenden, und ich werde dir tausend Dinare dafür geben. Aber laß mich zuerst all das Gerümpel aus deiner Werkstatt fortschaffen, da ich hier nur unedle Materialien sehe. Du mußt das feinste Silber kaufen, das du auf dem Markt finden kannst.«

Mit diesen Worten trug er die Waren des Schmiedes davon.

Dieser Auftrag ließ den Schmied unruhig werden, und er fühlte, wie hierdurch sein Ehrgeiz angestachelt wurde, sein Bestes zu geben. Einen Teil trug natürlich auch das Versprechen des Lohnes bei, der sehr großzügig bemessen war. Er sagte alle anderen Verpflichtungen ab und stürzte sich in die Arbeit, um für den Fremden einen perfekten Stock herzustellen. Der Schmied ging zum Markt und kaufte das reinste Silber, das von der Erde hervorgebracht worden war, für eine ungeheure Summe Geldes und ging damit nach Hause in seine Werkstatt. Um den Stock herzustellen, wand er alle geheimen Kenntnisse über Metalle an, ließ seine Hände ihr Bestes geben und goß noch das Blut seines Herzens hinzu. Am siebten Tag war der Stock fertig und entsprach den Anforderungen des Fremden in jeder Hinsicht. Er betrachtete das, was er erschaffen hatte, und dachte bei sich, daß dies bei weitem das schönste Stück war, das er jemals aus Metall gebildet hatte.

An diesem Abend kam der Fremde vorbei, und der Schmied zeigte ihm den Stock.

»Das?« schrie der Fremde außer sich und griff nach dem Stock. »Du nennst das eine beendete Arbeit?«

In seiner Wut hob der Fremde den Stock hoch und schleuderte ihn gegen den Amboß. Dies geschah mit einer solchen Wucht, daß der Stock, der Felsen hätte sprengen können, in zwei Teile zerbrach. Splitter flogen in alle Richtungen. »Für diese Beleidigung sollst du mir mit deinem Blut büßen!« schrie der Fremde, zog einen goldenen Krummdolch und hackte die kleinen Finger an beiden Händen des Schmieds ab.

»Als nächstes«, fuhr der Fremde fort, »sollst du mir eine Phiole anfertigen, eine Phiole, die dazu bestimmt ist, die allerfeinste Augenschminke aufzunehmen. Diese Augenschminke wird den Blick für weiteste Entfernungen stärken und die Augen klären. Diese Phiole muß über und über mit filigranen Arbeiten verziert werden, die so zart wie Mädchenhaar sein müssen. Die Verzierungen sollen an die Blumen erinnern, die in den hängenden Gärten Babylons wachsen.«

»Aber, Herr«, begehrte der Schmied auf, »diese Gärten wurden vor tausend Jahren angelegt und sind fast ebenso lange schon wieder untergegangen. Woher soll ich wissen, welche Blumen damals dort blühten?«

»Du wirst meinen Auftrag annehmen, und denke immer daran, wie blutgierig mein Schwert ist«, gab ihm der Fremde zur Antwort und verließ die Schmiede.

Der Schmied blickte erschüttert auf die Stücke, in die sein schönstes Werkstück zerbrochen war und die nun vor seinen Füßen lagen, und auf seine Hände, denen jetzt die kleinen Finger fehlten. Er verband seine Wunden. All sein Mut war aus seinem Herzen gewichen, da er sich nicht vorstellen konnte, wie er mit den Schmerzen an seinen Händen arbeiten sollte. Wenn er aber nicht für den Fremden arbeitete, könnte dies möglicherweise üble Folgen für ihn haben. Er dachte sogar eine Zeitlang daran, sein Bündel zu schnüren, Frauen und Kinder mit sich zu nehmen und Kairo zu verlassen. Bei seinen Fähigkeiten wären er und seine Familie überall willkommen. Andererseits hatte er das Gefühl, daß er diesem Fremden nicht entweichen könne.

Und so machte er sich an die Arbeit.

Sieben Tage und sieben Nächte arbeitete er daran, Silber zu feinsten Drähten auszuziehen und diesen Drähten dann die Form von Blüten zu geben, die sich um die Phiole schmiegten, die er ebenfalls aus feinstem Silber gearbeitet hatte. Den Stöpsel hatte er mit einer Ahle versehen, deren Form an dichtes Blattwerk erinnerte. Bei seiner Arbeit vergaß er sogar seine Schmerzen, da die Arbeit ihm Speise und Trank, Schutz und Wärme bot. Als er dann auch die letzte angelaufene Stelle poliert hatte, war er sehr mit sich zufrieden, da er erkannte, daß die Phiole das schönste Stück war, das er jemals mit seinen Händen geschaffen hatte.

An jenem Abend kam der Fremde und schrie: »Wo ist meine Phiole?«

Obgleich der Schmied wußte, daß die Phiole ein zartes und vollendetes Werkstück war, zitterte seine Hand dennoch, als er sie dem Fremden überreichte.

Einen Augenblick lang betrachtete der Fremde die Phiole. Er sah sie sich von allen Seiten genau an und drehte sie vorsichtig in seiner Hand, als ob auch er ihren Wert erkannte.

Einen Moment lang begann der Schmied zu hoffen, daß dem Fremden die Arbeit gefallen würde. Dann schleuderte der Fremde die Phiole auf den Boden und ereiferte sich wütend: »Was soll denn das sein?« Er trat mit seinem Stiefel auf die Phiole und verbeulte sie bis zur Unkenntlichkeit. »Du beleidigst mich schon wieder mit diesem wertlosen Plunder.«

Der Schmied heulte auf, als er sein zerstörtes Kunstwerk im Staub liegen sah. Der Fremde sprang auf ihn zu, zog seinen goldenen Krummdolch und schnitt von den Händen des Schmieds die Daumen ab.

»Nun«, so sagte er, »sollst du mir einen Dolch schmieden, der immer scharf bleibt, wofür auch immer er benutzt wird. Er soll sogar Diamanten schneiden können. Du sollst einen Teil deiner Seele einarbeiten, damit er immer so bleibt. Da das Feuer deiner Esse unrein ist, werde ich es dir fortnehmen. Du mußt vom Himmel reines Feuer erbitten.«

Als der Fremde so gesprochen hatte, verließ er die Schmiede, und das Feuer erlosch, als er fort war.

In der Dunkelheit, die der Fremde zurückgelassen hatte, verband der Schmied seine neuen Wunden. Er wußte, daß ihm der Fremde einen Auftrag erteilt hatte, den er nicht ausführen konnte. Er kannte kein Material, das bei einem Schlag auf einen Diamanten nicht schartig würde. Auch konnte er sich nicht vorstellen, wie er dem Metall einen Teil seiner Seele beimischen sollte (obgleich er dies vielleicht bei dem Stock und der Phiole bereits möglich gemacht hatte). Schließlich war ihm auch kein Weg bekannt, wie er Metall und seine Beimischungen ohne Feuer bearbeiten konnte. Er ließ seinen Sohn kommen, damit dieser das Feuer wieder entzünde, aber das Feuer der Esse blieb erloschen. So saß er in seiner Werkstatt, der mit dem Feuer auch das Leben entwichen war, seiner Daumen beraubt und zugleich damit der Fähigkeit, mit seinen Werkzeugen zu arbeiten. Zunächst gab er sich der Verzweiflung voll und ganz hin, schloß seinen Laden und ließ seine Familie am Siegestor betteln.

Daß dies so geschah, geschah auch zur besonderen Freude eines Schmiedes aus der Nachbarschaft, dessen Geschäft sehr zurückgegangen war, da er nur Ware geringerer Qualität anzubieten hatte. Um den ständigen Rückgang seines Geschäfts aufzuhalten, hatte der zweite Schmied einen Magier beauftragt, seinem Rivalen einen bösen Geist an den Hals zu hetzen. Ihn kümmerte es daher auch nicht, daß sein Nachbar alles verloren hatte, was nicht bereits unter dem Stiefel dieser grausigen, teuflischen und unersättlichen Kreatur vernichtet worden war.

Ibrahims Stimme verklang, und er griff nach seinem verletzten Arm, um ihn mit seiner gesunden Hand in eine andere Position zu bringen. Ich konnte mir fast vorstellen, was es für den Schmied bedeutete, seine Fähigkeit, das Handwerk auszuführen, verloren zu haben. Dies war aber eine Erfahrung, die ich in der Wirklichkeit lieber nicht machen wollte.

Der Vampyr wandte für einen Augenblick sein Gesicht vom Feuer ab. Mit seinen rotglühenden Augen blickte er zu Boden, und ich wunderte mich, daß die Erde, die er so anstarrte, nicht anfing zu brennen. Dann schaute er wieder auf.

»Traurig, vielleicht. Ich weiß aber nicht, welche Lehre aus dieser Geschichte zu ziehen ist. Traurig genug? Das sollt ihr beurteilen. Wer spricht als nächster?«

Nun erstarrte mein Herz gänzlich zu Eis, und ich saß da, als ob ich einen Stein verschluckt hätte. Walid al-Salameh richtete sich auf.

»Ich werde als nächster erzählen«, sagte er und atmete schwer dabei. »Ich bin der nächste.«

16
Die Geschichte des Wesirs Walid al-Salameh

Dies ist eine wahre Geschichte, zumindest sagte man mir das. Sie ereignete sich zu Lebzeiten meines Großvaters, und er hatte sie von jemandem gehört, der diejenigen kannte, um die sich die Geschichte dreht. Mein Großvater erzählte sie mir, um mir ein warnendes Beispiel zu geben.

Es lebte einst ein alter Emir, der über seltene Talente verfügte und mit dem Glück in festem Bund stand. Er herrschte über ein kleines, aber reiches Land, ein Land, über das Allah seinen Segen reichlich ausgegossen hatte. Er hatte den großartigsten Thronfolger, den er sich nur wünschen konnte, verantwortungsbewußt und mutig, vom Volk beinahe ebensosehr geliebt wie der Emir selbst. Der Emir hatte auch noch viele andere wohlgeratene Söhne und zweihundert wundervolle Frauen sowie eine Armee von Kämpfern, um die ihn seine Nachbarn beneideten. Seine Schatzkammer war bis zur Dachgaube mit Gold, Edelsteinen, duftenden Sandelholzblöcken, Elfenbein und Ballen des feinsten Tuches angefüllt. Sein Palast war um eine Quelle reinsten, klarsten Wassers angelegt, und jedermann war der Überzeugung, daß es sich bei dem Wasser um das Wasser des Lebens handeln müsse, da der Emir so beliebt und vom Glück begünstigt war.

Der einzige Wermutstropfen in seinem Glück lag darin, daß das Alter ihm die Sehkraft geraubt hatte und er gänzlich erblindete. So hart ihn dieses Schicksal auch traf, so war es nur ein geringer Preis für die Wohltaten, die Allah ihm erwiesen hatte. Eines Tages spazierte der Emir durch seinen Garten und erfreute sich an dem außerordentlich anregenden Duft der blühenden Orangenbäume. Sein Sohn, der Prinz, befand sich auch im Garten, war sich aber der Gegenwart seines Vaters nicht bewußt. Er unterhielt sich mit seiner Mutter, der ersten Frau des Emirs, dessen Hauptehefrau.

»Er ist schrecklich alt geworden«, sagte die Frau. »Ich kann es einfach nicht mehr ertragen, ihn auch nur zu berühren. Das ist für mich das Schrecklichste, was ich mir nur vorstellen kann.«

»Du hast recht, Mutter«, pflichtete ihr der Sohn bei. Der Emir versteckte sich hinter den Bäumen und belauschte das Gespräch der beiden entsetzt. »Mich macht der Anblick krank, wie er jeden Tag so dasitzt, in seine Schale sabbert oder blind durch den Palast stolpert. Aber was können wir tun?«

»Ich habe darüber lange und sorgfältig nachgedacht«, antwortete die Frau des Emirs. »Wir schulden uns selbst und denen, die um uns herum sind, ihn zu töten.«

»Ihn töten?« wiederholte der Sohn. »Tja, das ist ein absolut neuer Gedanke für mich, ich kann mir so etwas überhaupt nicht vorstellen, aber vielleicht hast du recht. Ich fühle noch immer eine gewisse Liebe für ihn; aber wie du richtig sagst..., laß es uns schnell tun und hinter uns bringen, daß er am Ende nicht noch Schmerzen leiden muß!«

»Ganz recht. Aber tu es bald, am besten noch heute nacht. Wenn ich diesen fauligen Atem noch eine weitere Nacht neben mir ertragen muß, werde ich mir das Leben nehmen.«

»Dann also heute nacht«, stimmte der Sohn zu, und beide gingen von dannen. Der blinde Emir blieb noch hinter den Orangenbäumen verborgen und bebte am ganzen Leib vor Wut und Trauer.

Er konnte aber nicht sehen, daß das Wesen, um das sich die Unterhaltung gedreht hatte, auf dem Gartenweg lag; es handelte sich um das ehemalige Schoßhündchen der Hauptfrau, ein räudiges Geschöpf von hohem Alter.

Ohne weiter über das Gehörte nachzudenken, wandte sich der Emir an seinen Wesir, den einzigen, auf den er sich wirklich verlassen zu können glaubte in einer Welt, die auf einmal voll von treulosen Ehefrauen und Söhnen zu sein schien. Er bat ihn, das verbrecherische Paar gefangennehmen zu lassen und ihnen so bald als möglich den Kopf abzuschlagen. Der Wesir war zutiefst erschrocken und fragte nach den Gründen für ein solches Vorhaben. Der Emir ließ ihn lediglich wissen, daß er einen untrüglichen Beweis dafür habe, daß die beiden beabsichtigten, ihn zu ermorden und seinen Thron zu besteigen. Nochmals befahl er dem Wesir, die Aufgabe zu erfüllen.

Der Wesir tat, wie ihm geheißen, er ließ Mutter und Sohn still und leise verhaften und übergab sie dem Henker, nachdem man versucht hatte, ein Geständnis aus ihnen herauszupressen.

Niedergeschlagen ging der Wesir zum Emir und meldete ihm die Ausführung des Auftrages. Der alte Mann war sehr zufrieden. Aber es ließ sich nicht vermeiden, daß sich die Kunde von diesem schrecklichen Ereignis verbreitete und die Brüder des Thronfolgers untereinander über die Tat des Vaters zu sprechen begannen. Viele hielten ihn für verrückt, da allgemein bekannt war, daß besonders die Hauptfrau und der Thronfolger dem Emir sehr ergeben waren.

Diese Kritik kam auch dem Emir zu Ohren, und er begann erneut, um sein Leben zu fürchten, da er argwöhnte, daß seine anderen Söhne ihren Bruder rächen könnten. So rief er wieder nach dem Wesir und verlangte von ihm, die anderen Söhne festzunehmen und zu enthaupten. Der Wesir versuchte zu widersprechen und riskierte dabei seinen eigenen Kopf, aber der Emir ließ sich nicht erweichen. Schließlich ging der Wesir, um eine Woche später als geschlagener und gebrochener Mann zurückzukehren.

»Es ist vollbracht, Eure Herrlichkeit«, meldete er. »Alle Eure Söhne sind tot.«

Der Emir konnte sich nur kurze Zeit sicher fühlen, da die grenzenlose Wut seiner Frauen über das Abschlachten ihrer Söhne ihm zu Ohren kam. Der Emir bestand darauf, auch die Frauen umzubringen. Wieder ging der Wesir und kehrte bald zurück.

»Es ist vollbracht, mein Gebieter«, versicherte ihm der Wesir vierzehn Tage später. »Eure Frauen sind alle enthauptet.«

Bald schrien auch die Höflinge, daß der Emir ein Mörder sei, und er schickte den Wesir los, damit er mit ihnen ebenso verführe wie mit den Frauen und Söhnen.

»Ich habe Euren Auftrag ausgeführt, o Fürst«, tat ihm der Wesir nach zwei Wochen kund. Der Emir lebte nun in Furcht vor der aufgebrachten Stadtbevölkerung und befahl dem Wesir, mit der Armee alle Münder zum Schweigen zu bringen. Noch einmal versuchte der Wesir fieberhaft, den Emir von seinem Vorhaben abzubringen. Aber vergeblich.

Nachdem ein Monat verstrichen war, meldete der Wesir wieder die Ausführung des Auftrages. Nun wurde es dem Emir bewußt, daß jetzt, da seine Erben und Frauen tot und die wichtigen Würdenträger bei Hofe enthauptet waren, Gefahr von den Soldaten ausging, die ihm die Macht entreißen könnten. Er trug dem Wesir auf, Gerüchte und Lügen zwischen ihnen zu verbreiten, so daß sie übereinander herfielen und sich untereinander niedermetzelten. Während dieser Zeit hatte sich der Emir in einem Raum eingeschlossen, um das Ende abzuwarten. Nach anderthalb Monaten klopfte der Wesir an die verschlossene Tür.

»Ich habe Euren Auftrag ausgeführt.«

Für einen Augenblick fühlte sich der Emir befreit. Alle seine Feinde waren tot, und er selbst befand sich in Sicherheit. Keiner konnte ihm ein Leid antun, ihn ermorden, seine Schätze stehlen oder seinen Thron besteigen. Die einzige Person, die jetzt noch wußte, wo sich der Emir versteckte, war sein... Wesir. Blind wie er war, suchte er nach dem Schlüssel, mit dem er sich eingeschlossen hatte. Er glaubte, daß es für ihn besser sei, ein Risiko auszuschalten, bevor er mit einer List aus seinem Zimmer herausgelockt werden könnte. Er schob den Schlüssel unter der Tür durch und befahl dem Wesir, den Schlüssel so fortzuwerfen, daß niemand ihn jemals wiederfinden könnte.

Als der Wesir zurückkam, rief er ihn nahe zu der Tür, die seine kleine Welt der Dunkelheit und Sicherheit begrenzte.

»Wesir«, flüsterte der Emir durch das Schlüsselloch, »ich befehle dir, geh und nimm dir das Leben, da du der einzige Mensch bist, der mir jetzt noch Unruhe und Unbehagen verursacht.«

»Mich töten, mein Gebieter?« wiederholte der Wesir sprachlos. »Mich töten?«

»Ganz richtig«, bestätigte der Emir. »Nun geh und führe es aus. Das ist mein Befehl, mein letzter Befehl.«

Es folgte ein langes Schweigen. Schließlich sagte der Wesir: »Sehr wohl.«

Danach war der Palast nur noch mit Schweigen erfüllt.

Eine lange Zeit saß der Emir in seiner Blindheit da und frohlockte, da alle, denen er mißtraute, aus dem Weg geschafft waren. Sein getreuer Wesir hatte alle seine Befehle ausgeführt und sich dann auch getötet...

Plötzlich durchfuhr ihn ein schrecklicher Gedanke. Was, wenn der Wesir diesem letzten Befehl nicht Folge geleistet hatte? Möglicherweise hatte er sich mit einem der Feinde des Emirs zusammengetan und diesem lauter Lügen über den Tod des Volkes erzählt. Wie sollte sich der Emir Gewißheit verschaffen? Als ihm dies bewußt wurde, fiel er beinahe in Ohnmacht. Schließlich brachte er allen Mut auf und ertastete sich seinen Weg durch den verschlossenen Raum zur Tür. Er legte sein Ohr an das Schlüsselloch und lauschte, aber draußen herrschte völliges Schweigen. Er holte tief Atem und sprach durch das Loch.

»Wesir?« rief er mit unsicherer Stimme. »Hast du ausgeführt, was ich dir auftrug? Hast du dir das Leben genommen?«

»Es ist vollbracht, mein Gebieter«, erklang augenblicklich die Antwort.

Als er die Geschichte beendet hatte, die ebenso schaurig wie traurig war, ließ der Wesir seinen Kopf sinken, als ob er sich schämte.

Ibn Fahad legte neues Holz auf das Feuer, obgleich der Feuerschein unseren unwillkommenen Gast nicht vertrieb. Die stärker ausstrahlende Wärme belebte uns alle wieder ein wenig. Als ich meine Finger zum Feuer hin ausstreckte, schmolz der Schauer in meinem Herzen nicht dahin. Ich hatte keine Vorstellung darüber, ob die Geschichte des Wesirs uns helfen könnte, wenn die Geschichten der anderen versagten; und ich wußte, daß ich als letzter an die Reihe kam, meine Geschichte zu erzählen.

Obwohl meine Fähigkeiten, eine Geschichte zu erzählen, vollkommen ausgelaugt waren von den zehn vergangenen Nächten, und trotz der Schwäche, die ich wegen des fehlenden Schlafes sehr deutlich fühlte, war ich nun an der Reihe, hoffnungsvoll einen Versuch zu unternehmen.

Als die Kreatur ihren rubinroten Blick auf mich gerichtet hatte, nahm ich einen Schluck Wasser, um meinen Mund auszuspülen, und begann.

17
Masrurs Geschichte

In längst vergessenen Zeiten lebte ein junger Mann, der sein ganzes Leben in tiefster Armut verbracht hatte. Er mußte sich in den niedrigsten Arbeiten verdingen und sozusagen von Bettlern sein tägliches Brot erbetteln und sogar Sklaven zu Diensten sein. Trotz alledem ging er frohen Mutes durch die Straßen und war bereits glücklich, wenn das Schicksal ihm etwas Gewürz für seinen Reis oder ein Stück einer Granatapfelschale, an der noch ein paar Körner hingen, bescherte. Er war ständig auf der Suche nach Möglichkeiten, sein Leben zu verbessern.

So begab es sich eines Tages, daß eine reiche Dame mit Augen, die so schön und geheimnisvoll wie die Nacht waren und unter einem zarten, mit silbernen Monden bestickten Schleier hervorblickten, und deren Knöchelbänder an ihren Hosen mit niedlichen Glöckchen besetzt waren, so daß bei jedem Schritt eine Art von Musik erklang, auf den jungen Mann aufmerksam wurde, als er auf dem Marktplatz mit seinem Weidenkorb, den er in einem Abfallhaufen aufgestöbert hatte, saß.

Die reiche Dame sprach ihn an: »Nimm deinen Korb auf und folge mir.«

Der junge Mann sprang sofort auf, dankte Allah für dessen Gnade und hoffte, daß eine Dame, die mit Silber geschmückt ist und eine schwere Geldbörse mit sich trägt – diese konnte er erkennen, da sie bei jedem Schritt gegen den Umhang der Dame schlug –, die so ergötzlich wohl roch, daß alle üblen Gerüche auf den Straßen verdrängt wurden – Jasminduft entströmte ihrem verborgenen Haar, der Geruch von Rosen und Aloeholz entwich ihren Kleidern –, diese Dame würde ihm sicherlich eine angemessene

Bezahlung zukommen lassen, sobald er ihren Wünschen entsprochen hatte. Sie ging vor ihm durch die Straßen der Stadt zu einem Laden, wo er draußen auf sie warten sollte. Ein alter Mann mit einer Klappe über einem Auge öffnete auf ihr Klopfen, und sie betrat den Laden für einen Augenblick. Der junge Mann konnte die beiden beobachten, aber was der Dame von dem alten Mann überreicht wurde, konnte er nicht sehen, da sie ihm ihren Rücken zugewandt hatte. Als die Frau einen Moment später wieder aus dem Laden trat, übergab sie dem jungen Mann ein in weiße Seide gehülltes Päckchen.

»Leg das in deinen Korb und folge mir«, wies sie ihn an.

Er folgte ihr, als sie ihn wiederum durch die Straßen führte. Dies war die ungewöhnlichste Route, die er jemals gegangen war. Sie passierten Tore, die er nicht sehen konnte, bis sie sie öffnete, überquerten Höfe, die verlassen waren und deren Wände mit merkwürdigen Symbolen bemalt waren. Sie gingen durch enge Gassen, unter schattigen Alleen, von denen er nicht einmal geahnt hatte, daß sie existierten, obwohl er sein ganzes Leben in der Stadt verbracht hatte und dachte, jeden Schleichpfad zu kennen.

Schließlich kamen sie zu einer roten Tür, vor der sie anhielten. Auf ihr Rufen hin öffnete ein Sklave der Dame und fiel vor ihr auf den Boden, wobei er sein Haupt senkte.

»Komm«, befahl sie dem jungen Mann, der ihr nach drinnen gefolgt war. Ihm offenbarte sich ein solcher Reichtum und Überfluß, wie er ihn noch nicht einmal in Geschichten vernommen hatte. Die satten Farben der Wandbehänge, die gefliesten Fußböden, die an wenigen Stellen zwischen den Teppichen hervorschauten, die Teppiche selbst waren von der feinsten Webart, Pfauenfedern standen in Vasen, der junge Mann nahm natürlich auch den Geruch von erlesenen Speisen wahr, der sich mit edlem Rauchwerk mischte, und nicht zu vergessen, die angenehme Kühle waren beinahe zuviel für ihn. Auf ihn wirkte das alles so wunderbar, daß er fortlaufen wollte. Irgendwo in nicht allzuweiter

Entfernung hörte er das Geräusch von Wasser, das als Fontäne in ein Becken sprudelte, aus einer anderen Richtung kam das Gezwitscher von Vögeln in Volieren. Er dachte, er sei im Paradies.

»Setze deine Last ab«, sprach ihn die Dame freundlich an. Vorsichtig entnahm er das seidenverhüllte Päckchen seinem Korb und stellte es auf den Boden. Durch die weiße Seide fühlte er etwas Hartes, mit rechtwinkligen Ecken und einem Griff aus Metall. Es war wärmer, als es durch die kurzen Wege unter der prallen Sonne hätte sein dürfen. Plötzlich stieg in ihm der unwiderstehliche Wunsch auf, zu erfahren, was er durch die Straßen getragen hatte. Er ließ das Päckchen los und blickte zu der Dame auf.

»Hier ist ein Dinar für deine Mühe«, sagte sie, ließ das Goldstück in seine Hand gleiten und winkte dem Sklaven, den jungen Mann hinauszuführen.

Für einen Moment stand er nur da und starrte sie an, bis der Sklave ihn am Arm faßte. Die Dame aber hob die Hand, damit der Sklave von ihm ablasse.

»Der junge Mann hat recht«, erklärte sie ihre Handbewegung. »Das ist eine zu geringe Belohnung für seine Dienste. Gib ihm etwas zu essen, bevor du ihn nach Hause schickst«, wies sie den Sklaven an.

Der junge Mann konnte den verschleierten Mund der Dame nicht sehen, aber an ihren Augen konnte er erkennen, daß sie lächelte. Von diesem Zeitpunkt an war seine Brust von Sehnsucht erfüllt, und eine Unruhe ergriff von ihm Besitz, die auch ein Falke empfinden muß, wenn ihm seine Kappe nach Stunden der Dunkelheit abgenommen wird.

Der Sklave verließ den Raum, kam aber rasch wieder zurück. Er legte eine Matte, die aus Palmblättern geflochten war, auf den Boden.

»Nimm Platz«, forderte ihn die Dame auf. Er setzte sich, und sie bot ihm eine köstliche Auswahl von schönsten Früchten und Nüssen, Backwerk, Kaffee und viel, viel mehr an.

Der junge Mann hatte in seinem Leben schon viele Dinge gegessen, Dinge, die kein zivilisierter Mensch anrühren würde. In jener Nacht aber glaubte er, Speisen des Himmels gekostet zu haben und ein Abbild einer Person, die im Paradiesgarten hätte dienen können, gesehen zu haben. Während der ganzen Zeit, in der er die Gastfreundschaft der Dame genießen durfte, lag das Päckchen in dem Seidentuch verpackt auf dem Fußboden.

Schließlich beendete er das Mahl. Als der Sklave ihn diesmal zur Tür führte, hatte er keinen Grund, noch zu verweilen, außer daß er Neugierde und Verlangen verspürte, und dies waren keine Gründe, die sein Hiersein verlängern konnten. Er dankte der Dame und dem Sklaven für die gastliche Aufnahme und trat hinaus in das nächtliche Dunkel.

Nicht lange darauf wurde er gezwungen, der Armee beizutreten. Nach einigen Jahren im Dienste des Kalifen erhielt er den Befehl, weit von seiner Heimat fortzuziehen. Er mußte unter einem verhangenen, abweisenden Himmel sein Nachtlager aufschlagen, zwischen kalten Bergen, von einem schrecklichen Tod bedroht und schließlich gezwungen, für sein erbärmliches Leben mit Geschichten... mit Worten zu kämpfen.

Noch immer verfolgte ihn das Geheimnis der Dame und des Päckchens. Diese Besessenheit hat mich seit jener längst vergangenen Nacht verfolgt, natürlich war ich selbst der junge Mann. Ich konnte niemals auch nur ahnen, was in der Seide verhüllt war, oder was sich hinter dem silberversponnenen Schleier verbarg. Und wenn der Tod in diesen verfluchten Bergen meine Rückkehr in die Heimat verhindern sollte, wo ich möglicherweise eines Tages eine Antwort auf diese Fragen erhalten könnte, wird dieses Geheimnis meine Seele bis zu den Trompeten des Jüngsten Tages quälen, auch wenn ich, was ich nicht glaube, tatsächlich im Paradies willkommen sein sollte.

Das Traurigste von allem ist, daß ich ahne, daß mir das Geheimnis immer verborgen bleiben wird.

Das Schweigen um das Lagerfeuer hielt noch an, als ich schon längst geendet hatte. Ich fürchtete, daß nach dem zuvor Gehörten meine Geschichte die schwächste war.

Mit Spannung erwarteten wir, was unser unheimlicher Gast dazu sagen würde. Ich muß aber zugeben, daß ich in diesem Augenblick hoffte, daß er nie mehr sprechen würde, daß die Kreatur einfach verschwinden würde, wie ein schrecklicher Traum im Sonnenlicht vergeht.

»Es ist vielleicht besser, nicht über die Vorzüge eurer traurigen Geschichten zu sprechen«, sagte der schwarze Schatten schließlich – und machte damit deutlich, daß es aus diesem Alptraum gerade kein Erwachen gebe – »oder uns über unsere Wette auseinanderzusetzen, bevor das Gegenstück vorgetragen worden ist. Vielleicht sollte ich jetzt selbst erzählen. Die Nacht ist noch jung, und meine Geschichte ist nicht allzu lang. Ich möchte euch dann auch noch Gelegenheit geben, ein faires Urteil zu fällen.«

Während sie sprach, glühten die Augen der Kreatur wie sich entfaltende rote Rosen auf.

Asche wirbelte vom Boden auf und hüllte den Vampyr in einen Mantel aus tanzenden Nebeln. Er erweckte den Anschein eines verdorbenen schwarzen Eies in einer Tasche aus Seidengewebe.

»Darf ich anfangen...?« fragte das Ding. Keiner konnte ihm darauf antworten. »Nun, denn...«

18
Die Geschichte des Vampyrs

Die Geschichte, die ich erzähle, handelt von einem Kind, einem Kind, das in einer längst vergessenen Stadt an den Ufern eines Flusses geboren worden war. Es ist schon so lange her, daß nicht nur die Stadt inzwischen zu Staub zerfallen ist. Auch spätere Städte, die auf den Ruinen der früheren errichtet worden waren, kleine Städte mit hohen, steinernen Schutzwällen, sind zwischen den Mühlrädern der Zeit zerrieben worden, versunken wie ihre Vorgänger, in feinste Partikel zerfallen, mit denen der Wind spielt, der sie dann zu den Ufern des ewig fließenden Flusses blies.

Dieses Kind lebte in einer Lehmhütte, die mit Binsen gedeckt war. Es spielte mit seinen Gefährten im seichten Gewässer des trägen braunen Flusses, während seine Mutter die Wäsche der Familie wusch und mit ihren Nachbarinnen plauderte.

Auch diese alte Stadt war sozusagen auf dem Skelett einer der früheren Städte erbaut worden. Das Kind und seine Freunde kletterten oft zwischen den aufgetürmten Sandsteinblöcken umher, die einst zu prächtigen Gebäuden gehört haben mußten.

Zu diesen Ruinen nahm das Kind, das inzwischen etwas älter geworden war, etwa im Alter eures jungen, romantischen Gefährten... ein hübsches, rehäugiges Mädchen mit.

Es war das erste Mal, daß er hinter den Schleier blicken durfte und in die Mysterien der Weiblichkeit eingeführt wurde. Sein Herz klopfte rasend, als er das Mädchen vor sich gehen sah. Ihr geschmeidiger brauner Körper erschien gestreift wie ein Tiger, da sich Licht und Schatten gegenseitig abwechselten, wenn sie an den zerbrochenen Säulen vorbeischritt. Plötzlich sah sie etwas und schrie laut auf. Das Kind kam herbeigerannt. Das Mädchen war wie verrückt. Es fuchtelte mit den Armen und zeigte auf etwas. Das Kind blieb erstaunt stehen und starrte auf das schwarze, verrunzelte Ding, das auf dem Boden lag – ein verdrehtes Etwas, das einmal ein Mensch gewesen sein könnte, aber schwarz wie ein Stück Leder, das ins Feuer gefallen ist. Dann öffnete das Ding seine Augen.

Das Mädchen rannte würgend davon... aber das Kind blieb, da es erkannte, daß sich das schwarze Ding sicherlich nicht bewegen konnte. Seine Mundbewegungen schienen darauf hinzudeuten, daß es zu sprechen versuchte; das Kind glaubte, eine schwache Stimme um Hilfe bitten zu hören, eine Bitte, etwas zu tun. Es beugte sich zu dem leisen Gezisch herunter. Das Ding wand sich und biß ihn, verbiß sich mit seinen scharfen Zähnen, die Angelhaken mit Widerhaken glichen, in die Wade.

Der Junge schrie vor Schmerz auf, fassungslos, hilflos und mußte zusehen, wie sein Blut in den schrecklich saugenden Mund des Dings tropfte. Dafür kroch stinkender Speichel in die Wunden und floß heiß durch den ganzen Körper, auch als er sich gegen seinen sich windenden Angreifer wehrte. Das Gift durchströmte ihn, und es schien ihm, als ob sein Herz flatterte und dann in seiner Brust erstarb, zart und hoffnungslos wie ein Vogel, der sich den Flügel gebrochen hatte. Mit seiner verzweifelten, letzten Kraft riß sich das Kind frei.

Das schwarze Ding schnappte mit seinem Mund, rollte sich zusammen und zappelte dann wieder wie ein Käfer auf einem heißen Stein. Einen Atemzug darauf zerfiel es zu Asche und öligen Flokken.

Aber es hatte mich lang genug mit seinem Speichel vergiftet, um mich zu zerstören – ich selbst war nämlich dieses Kind –, seine fauligen Säfte hatten meine menschlichen Regungen aus mir herausgesaugt und sie durch den abscheulichen, unerwünschten Wein der Unsterblichkeit ersetzt. Mein Kinderherz wurde zu einer eisigen Faust.

So wurde das aus mir, was ihr heute vor euch seht, durch einen sterbenden Vampyr, der ein Wesen war, wie ich es heute bin. Durch die vielen tausend Jahre seines ewigen Lebens niedergeschlagen, hatte er sich ein Opfer ausgesucht, um ihm die heimtückische Seuche zu übertragen und dann zu sterben – so wie ich es eines Tages auch tun werde. Zweifellos wird mich dann auch ein schreckliches, blindes, insektenhaftes Verlangen treiben... aber noch nicht so bald. Vor allem noch nicht heute.

Nach der Begegnung mit dem Vampyr wurde das Kind, das immer wie andere Kinder gewesen war – von seiner Familie geliebt, hinter Lärm, Spielen und Süßigkeiten her –, ein schwarzes Etwas, das unter dem brennenden Sonnenlicht Qualen erlitt. So wurde es in feuchte Schatten, unter Steine oder in die staubige Finsternis verlassener Plätze getrieben und ebenso wieder vom Mond herausgetrieben und zugleich von einem unbeirrbaren Hunger. Zuerst fraß ich meine eigene Familie auf – ohne daß meine Mutter wußte, was mir zugestoßen war, winkte sie mir, als sie mich nach Hause kommen sah und ich an ihrem mondbeschienenen Lager stand. Nach und nach verschlang ich alle Einwohner der Stadt. Am schwersten fiel es mir, das dunkelhaarige Mädchen zu verschlingen, das fortgerannt war, als ich leider stehengeblieben war. Ich schlug meine scharfen Zähne in jede Kehle, deren ich habhaft werden konnte, und saugte das salzige, körperwarme Blut aus, während das in mir gefangene Kind lautlos weinte. Es war, als ob ich hinter einer Scheibe stünde, unfähig wegzulaufen oder die Verbrechen zu verhindern, die vor meinen Augen von mir verübt wurden.

Seitdem sind viele Jahre vergangen. Unzählige Sandkörner sind an die Flußufer angespült worden. Jedes einzelne trägt scheinbar die Endlosigkeit des Tötens in sich, und jedes einzelne ist schrecklich, auch wenn sie sich alle untereinander gleichen. Nur menschliches Blut macht mich satt, und hundert Generationen haben die Furcht vor mir kennenlernen müssen.

Ich bin nun einmal sehr stark, tatsächlich unsterblich und soweit wie ihr selbst wißt, nicht zu verletzen – Schwerter gehen durch mich hindurch wie durch Rauch; Feuer, Wasser, Gift, nichts von alledem kann mir Schaden zufügen. Nur das Sonnenlicht bereitet mir Schmerzen und quält mich so, daß ihr Sterblichen, da eure Qual schließlich im Tod endet, das kaum nachvollziehen könnt. Daher sind inzwischen Königreiche aufgebaut worden und wieder zerfallen, seit ich zum letzten Mal das Tageslicht erblicken durfte. Denkt nur einmal einen Augenblick lang nach, wenn ihr nach traurigen Geschichten sucht! Ich muß mich in der Dunkelheit verstecken, wenn sich die Sonne erhebt. Wenn ich auf der Suche nach Beute umherstreife, teilen sich Kröten und Schnecken, Fledermäuse und allerlei Gewürm meinen Unterschlupf.

Menschen können mir nichts weiter bedeuten als Nahrung. Ich kenne kein ebenso wie ich geschaffenes Wesen, außer der sterbenden Kreatur, die mich vergiftet hat. Der Geruch meiner eigenen Verderbnis steckt mir fortwährend in den Nüstern.

So, das ist also meine Geschichte. Ich kann nicht sterben, bis meine Zeit gekommen ist, und wer weiß, wann das sein wird? Bis dahin werde ich alleine sein, einsamer als es je ein Mensch sein kann, alleine in meinem Elend und meiner sinnlosen Schlechtigkeit und Unzufriedenheit, bis die Welt untergegangen und wieder auferstanden ist...

Der Vampyr erhob sich nun, streckte sich wie ein schwarzes Seil, das im Wind zappelt, breitete seine weiten Arme oder Flügel nach beiden Seiten hin aus, als ob er uns vor sich zusammenkehren wollte.

»Wie können eure Geschichten gegen diese bestehen?« schrie er uns an. Die Härte schien aus seiner Stimme gewichen zu sein, auch wenn sie immer lauter wurde. »Welche ist nun die traurigste Geschichte?«

Schmerz sprach aus dieser Stimme, die sogar mein heftig klopfendes Herz berührte. »Wessen Geschichte ist die traurigste? Sagt es mir! Es ist nun Zeit für euch, zu entscheiden...«

In diesem Augenblick, in diesem einzigen Augenblick, in dem Lügen mein Leben hätte retten können... konnte ich nicht lügen. Ich wandte mein Gesicht von dieser schwarzen zitternden Figur ab, dem Ding mit seinen Fetzen und seinen roten Augen.

Keiner der anderen am Lagerfeuer sprach – sogar Abdallah kauerte auf seinen Knien, mit klappernden Zähnen und aus Furcht hervorgequollenen Augen.

»...so etwas habe ich mir gedacht«, sagte das Ding schließlich. »Ich habe es mir gedacht.«

Der Nachtwind brachte die Baumwipfel ins Schwanken, und es schien, als ob hinter ihnen die vollständige Dunkelheit begänne – kein Himmel, keine Sterne, nichts als endlose Leere.

»Nun gut«, ließ sich der Vampyr schließlich wieder vernehmen. »Euer Schweigen ist sehr beredt. Ich habe gewonnen.« Nicht der leiseste Anklang von Triumph war aus seiner Stimme herauszuhören. »Gebt mir meinen Preis, und den Rest von euch lasse ich dann aus meinen Bergen fliehen.« Der dunkle Schatten zog sich ein wenig zurück.

Wir schauten einander alle der Reihe nach ratlos an. Es war sehr gut, daß die Nacht einen Schleier über unsere Gesichter gelegt hatte. Ich begann zu sprechen, aber Ibn Fahad unterbrach mich, seine Stimme war nur ein gequältes Krächzen.

»Wir wollen jetzt nicht darüber streiten, wer gehen soll oder wer nicht. Wir werden Hölzchen ziehen, das ist der einzige Weg.« Schnell schnitt er einen dünnen Zweig in acht Teile, einen davon kürzer als die anderen, und mischte sie in seiner Hand.

»Zieht«, sagte er. »Ich werde das letzte nehmen.«

Ich konnte es noch immer nicht fassen, wie verrückt es war, daß wir uns darauf verließen, mit Geschichtenerzählen und Hölzchenziehen unser Leben zu retten. Jeder nahm ein Stückchen Holz aus Ibn Fahads Hand. Ich hielt meine Hand verschlossen, solange die anderen noch nicht alle gezogen hatten. Ich wollte Allah nicht hetzen, mir mein Schicksal zu eröffnen.

Als alle gezogen hatten, streckten wir gemeinsam unsere Hände aus, Handflächen nach oben.

Der junge Susri, das »Rehkitz«, hatte das kurze Hölzchen gezogen.

Merkwürdigerweise war ihm nicht anzusehen, was es für ihn bedeutete, das Opfer zu sein. Sein Schmerz war ihm nicht anzumerken. Er reagierte nicht auf unsere hilflosen Worte und Gebete. Er stand lediglich auf und ging langsam zu dem hingekauerten schwarzen Schatten am anderen Ende der Lichtung.

Der Vampyr erhob sich, um ihn in Empfang zu nehmen.

»Nein!« erscholl plötzlich ein erregter Aufschrei, und zu unserer völligen Überraschung sprang Abdallah auf und ging mit großen Schritten über den freien Platz und warf sich zwischen den Jungen und den lauernden Schatten.

»Er ist zu jung, zu vollkommen!« rief Abdallah und klang ehrlich bekümmert. »Laß von ihm ab, du schreckliches Ding! Nimm mich statt dessen!«

Wir alle blieben erstarrt sitzen, völlig verblüfft von diesem unerwarteten Verhalten. Die Kreatur schoß wie eine Viper auf ihn zu und warf Abdallah mit einer beiläufigen Geste zu Boden. »Du bist tatsächlich verrückt, du kurzlebiger Mensch!« zischte der Vampyr. »Dieser Mann tat nichts, um sich zu retten – nicht einmal hörte ich seine Stimme beim Geschichtenerzählen. Und jetzt wirft er sich in die Klauen des Todes für einen anderen! Verrückt!«

Das Monstrum ließ Abdallah auf der Erde liegen und wandte sich zu dem schweigenden Susri.

»Komm du, ich habe die Wette gewonnen, und du bist mein Preis. Es tut... mir... leid, aber es muß so sein...« Eine große Wolke aus Dunkelheit umgab den Jungen und zog ihn in sich hinein. »Komm«, sagte der Vampyr, »denke an die bessere Welt, in die du jetzt gelangen wirst, das ist es doch, woran ihr glaubt, nicht wahr? Gut, bald sollst du...« Die Kreatur brach ab.

»Warum siehst du so merkwürdig aus, Junge?« sagte das Ding schließlich. Der Ton seiner Stimme war unsicher geworden. »Du weinst, aber ich sehe keine Furcht. Warum? Hast du vor dem Sterben keine Angst?«

Susri antwortete mit sonderbar verzerrter Stimme. »Hast du wirklich schon so lange gelebt? Und alleine, immer alleine?«

»Ich habe es euch doch erzählt. Ich habe keinen Grund zu lügen. Denkst du, daß du mich mit deinen komischen Fragen von meinem Vorhaben abbringen kannst?«

»Wie konnte nur der allmächtige Allah so gnadenlos sein?« murmelte Susri. Aus seinen Worten klang eine tiefe Trauer. Die dunkle Gestalt, die ihn umfaßt hielt, erstarrte auf einmal. »Weinst du wegen mir? Wegen mir?«

»Wie kann ich dir helfen?« fragte der Junge. »Sogar Allah muß um dich weinen... Um solch ein erbarmungswürdiges Geschöpf, verloren in der Finsternis, der Einsamkeit.«

Für einen Augenblick schien die Nachtluft zu vibrieren. Dann stieß die Kreatur mit einem Aufstöhnen aus tiefstem Innern Susri von sich fort, so daß der Junge ins Stolpern kam und uns vor die Füße fiel und auf dem aufstöhnenden Abdallah landete.

»Geht!« schrie der Vampyr heiser, und seine Stimme krachte und rollte wie ein Donner. Ich hatte irgendwie den Eindruck, daß ich ein Schluchzen vernommen hätte. »Verschwindet aus meinen Bergen! Geht!«

Voller Erstaunen richteten wir das »Rehkitz« und Abdallah auf und begannen sofort, die Hügel hinabzusteigen. Äste schlugen uns ins Gesicht und auf die Hände. Wir erwarteten in jedem Augenblick, das Rauschen der Schwingen zu hören und den kalten Atem in unseren Nacken zu fühlen.

»Bestellt eure Häuser wohl, kleine Männer!« heulte uns eine

Stimme wie ein wilder Wind nach. »Mein Leben ist lang... und eines Tages werde ich vielleicht dafür belohnt werden, daß ich euch ziehen ließ!«

Wir rannten und rannten, stützten einander, schleppten Ibrahim mit uns, bis das Leben aus unseren Körpern zu weichen schien, bis unsere Lungen brannten und unsere Füße wund wurden und bis sich der reine Glanz der Sonne über den östlichen Gebirgszügen erhob.

Epilog

Masrur al-Adan ließ das Ende der Geschichte in der Stille ausklingen. Dreißig Herzschläge wartete er ab und schob dann geräuschvoll und schwerfällig seinen Stuhl vom Tisch fort.

»Am nächsten Tag konnten wir endlich das Gebirge verlassen«, fügte er dann noch an. »Wenige Wochen später waren wir zurück in Bagdad, als einzige Überlebende der Karawane zu den Armeniern.«

»Aachh...!« stöhnte der junge Hassan. Dieses langgezogene Geräusch sollte seiner Verwunderung und seiner Besorgnis Ausdruck verleihen. »Was für ein wunderbares und zugleich erschreckendes Abenteuer! Ich, also ich selbst, würde es niemals überlebt haben! Wie schrecklich und furchterregend! Was wurde denn aus den Reisegefährten?«

Masrur strich über seinen Bart und lächelte.

Ibn Fahad schnaubte, er war endlich wieder erwacht.

»Nur wenn er über seine wenigen verdienstvollen Eigenschaften sprechen soll, versagt ihm sein Mundwerk«, brummte er. »Der alte Ibrahim ist der Herr in Masrurs Küche und wird hierbei von Sossi, der Armenierin, unterstützt; ich bin sicher, daß eure Gaumen und Mägen mir zustimmen werden, daß er eine Art hat, sehr gut mit Täubchen umzugehen. Kurken wurde Stallmeister. Beide Armenier sind jetzt erwachsen, wenn auch noch nicht alt, so sind sie doch ein wenig dicklich und bequem im Dienste Masrurs geworden. Die beiden hätten niemals heiraten können, wenn sie in ihre Heimat zurückgekehrt wären. Und die anderen Überlebenden der Karawane...«, hierbei machte er eine nachlässige Handbewegung, »sind in alle Winde zerstreut.«

»Wunderbar!« meinte Hassan. »Und... sagte die... Kreatur wirklich, daß sie eines Tages zurückkäme?«

Masrur nickte schläfrig. »Bei meiner Seele. Habe ich nicht recht, Ibn Fahad, mein alter Kamerad?«

Ibn Fahad lächelte schwach, offensichtlich zur Bestätigung.

»Ja«, fuhr Masrur fort, »diese Worte verfolgen mich noch bis zum heutigen Tage. In vielen Nächten habe ich hier in diesem Raum gesessen und zur Tür geblickt«, mit einem Finger wies er zur Tür, »und fragte mich, ob sie sich eines Tages öffnen und diese schreckliche, mißgestaltete schwarze Ausgeburt der Hölle einlassen würde, die zurückkäme, um ihre Wette einzulösen.«

»Barmherziger Allah!« japste Hassan.

Abu Jamir beugte sich über die Tafel, als die anderen Gäste noch aufgeregt miteinander wisperten. Er blickte verdrießlich drein. »Mein lieber Hassan«, schnauzte er ihn an, »würdest du dich freundlicherweise etwas zurückhalten. Wir sind alle unserem Gastgeber für die freundliche Einladung zu Dank verpflichtet, und daher kommt es einer Beleidigung gleich, empfindsamen und frommen Leuten vor Augen zu halten, daß in jedem Augenblick ein blutgieriger Teufel die Tür einschlagen könnte und jemanden mitneh...«

Gerade in diesem Moment flog die Tür mit einem Donner auf und gab den Blick auf eine merkwürdig verdrehte Gestalt frei, die über und über rot befleckt war und zitterte. Ein entsetzter Aufschrei aus allen Kehlen gellte durch den Raum.

»Herr...?« stotterte die dunkle Silhouette. Der alte Diener Baba balancierte einen Weinkrug auf seiner Schulter. Ein zweiter war soeben auf den Boden gefallen und zerschellt, so daß er mit Abu Jamirs kostbarem Vorrat von oben bis unten bekleckert war.

»Meister«, begann Baba erneut, »ich fürchte, ich habe einen Krug fallen lassen.«

Masrur blickte zu Abu Jamir herüber, der kraftlos zusammengesunken und auf den Fußboden geglitten war.

»Es ist schon in Ordnung, Baba.« Masrur lächelte und zwirbelte seinen Bart.

»Wir hätten sowieso nicht so viel Wein benötigt, wie ich zuerst angenommen hatte. Es scheint, als ob das Geschichtenerzählen einige unserer Gäste in den Schlaf gewiegt hat.«

Unterhaltsame Literatur

Eine Auswahl

Lloyd Abbey
Die letzten Wale
Roman
Band 11439

Richard Aellen
Der Mann mit dem zweiten Gesicht
Thriller
Band 10647

Emile Ajar
Du hast das Leben noch vor dir
Roman. Band 2126

Frank Baer
Die Magermilchbande
Mai 1945:
Fünf Kinder auf der Flucht nach Hause
Roman. Band 5167

Othilie Bailly
Eingeschlossen
Roman. Band 11588

Jay Brandon
Im Namen der Wahrheit
Roman
Band 11668

Pearl S. Buck
Die Frau des Missionars
Roman
Band 11665
Zurück in den Himmel
Erzählungen
Band 8336

Charles Bukowski
Fuck Machine
Stories. Band 10678

Héctor Aguilar Camín
Der Kazike
Roman
Band 10575

Lara Cardella
Ich wollte Hosen
Band 10185
Laura
Roman
Band 11071

Martine Carton
Hera und Die Monetenkratzer
Roman
Band 8141
Victoria und Die Ölscheiche
Kriminalroman
Band 11672

Fischer Taschenbuch Verlag

fi 1220 / 5 a

Unterhaltsame Literatur

Eine Auswahl

  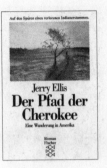

Ewan Clarkson
König der Wildnis
Roman. Band 11438

Anthea Cohen
**Engel tötet
man nicht**
Kriminalroman
Band 8209

Wilkie Collins
Die Frau in Weiß
Roman. Band 8227
Der rote Schal
Roman. Band 1993

A.J. Cronin
Die Zitadelle
Roman. Band 11431
**Der spanische
Gärtner**
Roman. Band 11628

John Crowley
**Little Big oder
Das Parlament
der Feen**
Band 8307

Susan Daitch
Die Ausmalerin
Roman
Band 10480

Diana Darling
**Der Berg der
Erleuchtung**
Roman
Band 11445

Philip J. Davis
Pembrokes Katze
Roman
Band 10646

Paddy Doyle
**Dein Wille
geschehe?**
Band 10753

Maurice Druon
Ein König verliert sein Land
Roman. Band 8166

Alice
Ekert-Rotholz
**Die letzte
Kaiserin**
Roman
Band 11892

Jerry Ellis
**Der Pfad der
Cherokee**
Eine Wanderung
in Amerika
Band 11433

Fischer Taschenbuch Verlag

fi 1220 / 8 b

Unterhaltsame Literatur

Eine Auswahl

Sabine Endruschat
**Wie ein Schrei
in der Stille**
Roman
Band 11432

Annie Ernaux
**Eine vollkommene
Leidenschaft**
Roman
Band 11523

Audrey
Erskine-Lindop
An die Laterne!
Roman
Band 10491
**Der Teufel
spielt mit**
Thriller
Band 8378

Sophia Farago
**Die Braut
des Herzogs**
Roman. Band 11492
**Maskerade
in Rampstade**
Roman. Band 11430

Elena Ferrante
Lästige Liebe
Roman
Band 11832

Catherine Gaskin
**Denn das
Leben ist Liebe**
Roman
Band 2513

Martha Gellhorn
Liana
Roman
Band 11183

Dorothy Gilman
Die Karawane
Roman
Band 11801

Brad Gooch
Lockvogel
Stories. Band 11184
**Mailand -
Manhattan**
Roman. Band 8359

Sue Henry
**Wettlauf durch
die weiße Hölle**
Roman
Band 11338

Richard Hey
**Ein unvollkom-
mener Liebhaber**
Roman
Band 10878

Fischer Taschenbuch Verlag

fi 1220 / 9 c

Unterhaltsame Literatur
Eine Auswahl

James Hilton
Der verlorene Horizont
Ein utopisches Abenteuer irgendwo in Tibet
Roman
Band 10916

Victoria Holt
Königsthron und Guillotine
Das Schicksal der Marie Antoinette
Roman
Band 8221
Treibsand
Roman
Band 1671

Barry Hughart
Die Brücke der Vögel
Roman
Band 8347
Die Insel der Mandarine
Roman
Band 11280
Meister Li und der Stein des Himmels
Roman. Band 8380

Rachel Ingalls
Mrs. Calibans Geheimnis
Roman
Band 10877
In flagranti
Erzählungen
Band 11710

Gary Jennings
Der Azteke
Roman
Band 8089
Marco Polo Der Besessene
Bd. I.: Von Venedig zum Dach der Welt
Band 8201
Bd. II.: Im Lande des Kubilai Khan
Band 8202
Der Prinzipal
Roman
Band 10391

Fischer Taschenbuch Verlag

fi 1220 / 10 d

Unterhaltsame Literatur

Eine Auswahl

James Jones
**Verdammt in
alle Ewigkeit**
Roman
Band 11808

Erica Jong
Fanny
Roman
Band 8045
Der letzte Blues
Roman
Band 10905

M.M. Kaye
Insel im Sturm
Roman
Band 8032
**Die gewöhnliche
Prinzessin**
Roman
Band 8351

M.M. Kaye
**Schatten über
dem Mond**
Roman
Band 8149

Sergio Lambiase
O sole mio
Memoiren eines
Fremdenführers
Band 11384

Marie-Gisèle
Landes-Fuss
**Ein häßlicher roter
Backsteinbau in
Venice, Kalifornien**
Roman
Band 10195

Werner Lansburgh
»Dear Doosie«
Eine Liebesge-
schichte in Briefen
Band 2428
**Wiedersehen
mit Doosie**
Meet your lover
to brush up your
English
Band 8033

Alexis Lecaye
**Einstein und
Sherlock Holmes**
Roman
Band 12017

**Die wahren
Märchen der
Brüder Grimm**
Heinz Rölleke (Hg.)
Band 2885

Fischer Taschenbuch Verlag